DEUX ENFANTS TRISTES

Charles Exbrayat est né en 1906 à Saint-Etienne (Loire). Après le baccalauréat passé à Nice où habitent ses parents, il se prépare sans enthousiasme à devenir médecin mais, exclu de la faculté de Marseille pour chahut notoire, il échappe à l'Ecole de Santé de Lyon et se tourne vers les sciences naturelles à Paris où il enseigne en potassant l'agrégation.
Il fait ses débuts d'auteur dramatique à Genève avec *Aller sans retour,* poursuit sa carrière à Paris *(Cristobal, Annette ou la Chasse aux papillons)* et publie deux romans.
Journaliste après 1945, scénariste (une quinzaine de films), il aborde bientôt le roman policier avec *Elle avait trop de mémoire* (1957).
Vous souvenez-vous de Paco? obtient le Grand Prix du roman d'aventures en 1958. Charles Exbrayat s'illustre ensuite dans le roman policier, notamment humoristique, avec une réussite constante. Il est directeur du *Club des Masques.*

Paru dans Le Livre de Poche :

LE DERNIER DES SALAUDS.
POUR BELINDA.
VOUS MANQUEZ DE TENUE, ARCHIBALD !
LE VOYAGE INUTILE.
DES FILLES SI TRANQUILLES.
IL FAUT CHANTER, ISABELLE.
LA ROUTE EST LONGUE JESSICA.
LE CLAN MOREMBERT.
POUR SES BEAUX YEUX.
UNE BRUNE AUX YEUX BLEUS.
VOUS SOUVENEZ-VOUS DE PACO ?
UN MATIN ELLE S'EN ALLA.
ELLE AVAIT TROP DE MÉMOIRE.
CE MORT QUE NUL N'AIMAIT.
CHEWING-GUM ET SPAGHETTI.
NE VOUS FACHEZ PAS, IMOGÈNE !
CHANT FUNÈBRE POUR UN GITAN.
MORTIMER !... COMMENT OSEZ-VOUS ?
JULES MATRAT.
ON SE REVERRA PETITE.
UN JOLI PETIT COIN POUR MOURIR.
FÉLICITÉ DE LA CROIX-ROUSSE.
LES AMOUREUX DE LENINGRAD.
TOUT LE MONDE L'AIMAIT.
LA LUMIÈRE DU MATIN.
L'INSPECTEUR MOURRA SEUL.
IMOGÈNE EST DE RETOUR.
AMOUR ET SPARADRAP.
MÉFIE-TOI, GONE !
QUEL GÂCHIS, INSPECTEUR !
LES MENTEUSES.
LA PETITE FILLE À LA FENÊTRE.
LA HONTE DE LA FAMILLE.
ENCORE VOUS, IMOGÈNE ?
LES BLONDES ET PAPA.

EXBRAYAT

Deux enfants tristes

LIBRAIRIE DES CHAMPS-ÉLYSÉES

CHAPITRE I

JUIN 1922

Comme tombe
derrière la moissonneuse
une gerbe
que personne ne ramasse.

Jérémie 9, 22.

I

Depuis que les habitants de Beltonville avaient élu maire Red Torphins et choisi pour son adjoint Glenn Kildrummy, cette petite agglomération de 30 000 âmes, sur la route de Nashua à Keene, était réputée la cité la plus pourrie du New Hampshire. Les gens de Beltonville s'étaient résignés à être conduits par des canailles dont on n'osait pas dire du mal en public, car le chef de la police, Tom Dingwall, et son lieutenant Bob Holm étaient à la dévotion de la mairie. Pour leurs sales besognes, ces policiers véreux avaient à leur disposition, une équipe de tueurs dirigée par Randolph Saguache — un métis — venu de Saint-Louis lors des dernières élections et qui avait décidé de rester sur place. Une forte colonie italienne payait tribut à la Maffia représentée par le « parrain », Salvatore Busselo, aidé de son « capo » Giulio Alcamo. D'un accord tacite, la Maffia et la bande du maire s'ignoraient, chacun demeurant maître sur son territoire. Réellement, une pourriture...

Pour l'heure, affalé dans son fauteuil, la cravate desserrée, Red Torphins donnait l'impression d'un bon gros quinquagénaire aimant trop la table et le whisky, mais incapable d'une méchanceté. Seuls, dans le visage bouffi d'une mauvaise graisse, les yeux à demi cachés par de lourdes paupières, disaient le cynisme et la cruauté d'un homme qu'aucun obstacle ne pouvait arrêter dans la satisfaction immédiate de ses désirs. En face de lui, vêtu évidemment de son plus beau costume, Gioacchino Carignagno, le cordonnier du quartier italien, parlait. Il n'était pas grand, gesticulait beaucoup, — ce qui mettait des gouttes de sueur sur son front dégarni, — et s'efforçait de donner un masque tragique à une figure plus faite pour le sourire que pour le chagrin.

— ...et voilà pourquoi, Monsieur le Maire, je suis là.

De sa main grasse, aux doigts légèrement boudinés, Torphins fourragea dans sa chevelure grise. Il fixa longuement son interlocuteur avant de laisser tomber :

— Je ne comprends pas exactement le sens de votre démarche, Carignagno ?

— Rien de plus simple, pourtant...

— Justement parce que c'est simple, je ne vois pas pour quelles raisons vous avez recours à moi ?

— Mais...

— Voyons, Carignagno, vous n'êtes pas le premier à qui pareille mésaventure arrive ! Quel âge a votre fille ?

— Bientôt dix-huit ans.

— Alors, elle est en âge de se marier. Mariez-la et je vous promets que je l'unirai à son époux.

— C'est que...

— Elle est enceinte ? la belle affaire ! Nous ne sommes plus au XIXe siècle, Carignagno ! Je sais qu'il aurait été préférable que tout se soit déroulé dans l'ordre classique des étapes voulues par notre morale, mais quoi ? Puisque le gosse aura un papa et une maman, on oubliera vite un écart de conduite réparé.

— Monsieur le Maire, le coupable ne veut pas réparer.

— Pourquoi ?
— Il a peur de son père.
— Sans blague ?
— L'amant de Gelsomina appartient à un clan puissant de Beltonville et je ne suis qu'un cordonnier incapable de donner 500 dollars à sa fille pour la marier.

Du moment qu'il s'agissait de gens haut placés dans la hiérarchie citadine, Red ne voulait pas se mêler de cette histoire. L'Italien n'avait qu'à régler lui-même ses affaires de famille ! Qu'est-ce que ces étrangers avaient à venir étaler leur linge sale et à obliger les autres à y fourrer le nez, les autres que cela n'intéressait en aucune façon.

— Surtout, ne me dites pas de qui il s'agit ! Je ne tiens pas là l'entendre ! La vie privée de mes administrés est, pour moi, sacrée, inviolable... Si vous avez des ennuis de ce genre, pourquoi n'allez-vous pas demander à votre « parrain » de vous aider à les arranger au mieux ?

— J'irai consulter don Salvatore. D'avance, je sais qu'il ne bougera pas le petit doigt pour moi.

— Vous êtes italien, pourtant ?

— Oui, mais don Salvatore est un homme prudent qui tient à sa tranquillité.

— Je ne vois pas en quoi cela troublerait sa quiétude, de se porter à votre secours ?

— Parce que le séducteur de ma fille Gelsomina, c'est votre fils Bruce, Monsieur le Maire.

Le menton de Torphins lui tomba littéralement sur la poitrine, tant sa surprise était forte. Son premier mouvement fut de colère. Il cria plus qu'il ne dit :

— Vous mentez !
— Interrogez votre fils !
— Je l'interrogerai si cela me plaît ! Bruce ! non, mais vous n'êtes pas malade ? Un garçon qui est un des plus beaux de Beltonville, qui réussit magnifiquement dans ses études et pour qui je nourris de vastes ambitions irait

épouser une sans-le-sou, au risque de briser ses espérance ? Ça ne va pas, non ?

— Pourtant...

— Il n'y a pas de pourtant ! Toutes les filles de Beltonville tournent autour de Bruce et il se contenterait d'amours crasseuses, dans votre sacré ghetto de mangeurs de macaronis ? Vous vous moquez de moi, ou quoi ?

— Vous m'insultez, Monsieur le Maire et vous insultez mes compatriotes !

— Je men fous ! Si vous croyez qu'on ne voit pas clair dans vos manigances... !

— Quelles manigances ?

— Ah ! je vous conseille de faire l'innocent !

— Je ne comprends pas.

— Vous tenez à ce que je mette les points sur les i ? D'accord ! Votre garce de fille s'envoie tous les gars qui lui tombent sous la patte et il arrive ce qui devait fatalement arriver ! Alors, parce qu'elle a eu l'occasion de rencontrer mon fils, elle se dit qu'à défaut de mari, on pourrait toujours obtenir de la famille Torphins une certaine quantité de dollars et...

— Taisez-vous !

Le ton de l'Italien était tel que, malgré lui, Red se tut. Gioachinno se leva.

— Si je n'avais pas la charge de tant d'enfants, rien ne m'empêcherait de vous tuer, Red Torphins. Comme chacun à Beltonville, je savais que vous étiez une canaille. Maintenant, je sais en plus que vous êtes un salaud. Vous entendrez parler de moi, Monsieur le Maire, vous et votre fripouille de rejeton !

Carignagno sortit avec une dignité qui frappa Red. Son adjoint qui croisa l'Italien dans le couloir, éprouva, lui aussi, une si curieuse impression qu'il ne put se tenir d'en parler au maire en entrant dans le bureau de ce dernier.

— Dites donc, je viens de voir le cordonnier des Ritals et.. qu'est-ce que vous avez, Red ? malade ?

— J'aurais des raisons de l'être, N... de D... ! Quand je pense à ce que sa mère et moi avons fait pour ce petit salopard et qu'à présent, il risque de tout foutre par terre, j'ai envie de casser n'importe quoi !

— Bruce ?

Torphins opina du chef.

— Une bêtise ?

— Et comment !

— Importante ?

— La plus énorme qu'il pouvait commettre ! Il a engrossé la gosse de l'autre idiot qui sort d'ici !

— Nom d'un chien ! Qu'est-ce qu'il voulait le grand-père ?

— Vous ne vous en doutez pas un peu ?

— De l'argent ?

— Pensez-vous ! Que je devienne le beau-père de sa fille !

— Il est fou ou quoi ?

— C'est mon crétin de fils qui est fou !

— Racontez, mon vieux, ça vous soulagera ?

Le maire raconta à Kildrummy, par le menu, la scène où l'Italien et lui s'étaient affrontés. Lorsqu'il eut terminé, Glenn remarqua :

— La première chose qu'il convient de savoir c'est si le bonhomme a dit la vérité.

— Ne vous faites pas d'illusion... Cette sorte de type est honnête... Il craint Dieu et l'enfer... Inutile de se raconter des histoires, Bruce n'est sûrement pas accusé à tort... Un idiot sentimental dans le genre de sa mère ! Mais je vous jure, Glenn, que je ne laisserai pas un Bon Dieu de cordonnier italien démolir le but essentiel de ma vie : établir mon héritier de telle façon qu'on finisse par oublier son père et qu'il devienne le fondateur d'une grande et respectable famille. Tout ce que j'ai entrepris de propre ou de pas propre, je l'ai fait pour arriver à ça ! Et ce Rital voudrait se mettre en travers ? Je l'écrabouillerai !

— Téléphonez à Bruce, Red.

— D'accord. Il faut qu'on ait une explication, lui et moi.

*
* *

Don Salvatore, le « parrain » de tous les « maffiosi » de Belton, évoquait un paysan ligure. Pas très grand, plein d'une rondeur aimable, le cheveu blanc taillé court, il avait l'air d'un jeune grand-père n'ayant d'autre souci que le bonheur de ses petits-enfants. Il écoutait Gioacchino, ponctuant sa confession de soupirs et de hochements de têtes compréhensifs. Visiblement, don Salvatore partageait la peine de son visiteur. Toutefois, il se raidit imperceptiblement dans son fauteuil quand le père de Gelsomina parla de sa visite au maire et de la manière dont il avait été traité. Son mécontentement fut plus apparent, mais encore bonhomme, lorsque Carignagno exposa son irréductible volonté de combattre Red Torphins par tous les moyens qui seraient en son pouvoir. Enfin, Gioacchino se tut. Avant de donner son avis, don Salvatore se frotta longuement les mains et se mit à ressembler à un curé de village qui, venant d'entendre les aveux d'un de ses paroissiens, médite sur les secours à lui apporter.

— Je te connais depuis longtemps, Carignagno... J'ai toujours eu beaucoup d'estime pour toi.

Cela était dit sur un ton tel, qu'il suffisait d'écouter cette affirmation flatteuse pour se sentir ragaillardi. Subitement le père malheureux trouva son malheur plus supportable.

— Je vous remercie, don Salvatore.

Le « parrain » eut un geste bénisseur.

— Ce qui arrive à ta Gelsomina est fâcheux, très fâcheux, mais elle n'est pas la première... De nos jours, tu sais, ces aventures... Autrefois, au pays, on ne pardonnait guère, mais c'était autrefois et au pays... Chez ces sauvages parmi lesquels nous vivons, cela n'a pas grande importance... Alors, Gioacchino, il ne faut pas te faire une montagne de la faute de ta fille... Ne parle surtout pas de déshonneur... Qui te comprendrait, maintenant ?

— Hélas...

— N'oublions pas que Gelsomina n'est pas la seule coupable... Il y a Bruce Torphins... C'est là que Gelsomina a commis sa plus grosse erreur, à mon point de vue... Elle n'aurait pas dû fréquenter, puis céder à un garçon dont elle devait bien se douter qu'elle n'obtiendrait jamais quelque chose d'honnête ou alors, il ne serait pas le fils de son père.

— Je le forcerai...

— Tu ne forceras personne, Gioacchino, si tu tiens à conserver mon amitié.

— Mais, don Salvatore...

— Non, Gioacchino. Tu sais bien que Torphins et moi ne pouvons vivre dans cette ville que si nous n'empiétons pas sur les terres de l'autre. Tu me parles de la vie privée du maire de Belton. Même si ta fille y joue un rôle, c'est encore la vie privée de Red Torphins et je ne dois pas m'en mêler.

— Mais enfin, vous êtes notre « parrain » !

— Et je vous protégerai tous, dans la mesure de mes moyens, si l'on vous porte préjudice.

— Parce que vous trouvez que...

— Je sais ce que tu es sur le point de dire et je te prie de ne pas le dire. Ton cas est exceptionnel, Giacchino. Impose-toi l'effort de l'admettre. Je ne peux rien pour toi. Je suis navré, mais je n'ai pas le droit de risquer de l'autorité de la « Cosa Nostra » au profit d'une cause trop particulière. Je le regrette et tâche de ne pas m'en vouloir, hé ?

Carignagno secoua doucement la tête.

— Il faut me faire une raison... Je suis seul et je mènerai donc mon combat seul.

— Quel combat ?

— Celui que je me propose de livrer au nom de quelque chose que vous semblez avoir oublié, don Salvatore, l'honneur.

— Et de quelle façon ?

— C'est mon affaire, don Salvatore.

— N'aurais-tu plus confiance en moi ?

— Non, don Salvatore, je n'ai plus confiance.

*
* *

Très détendu, Bruce se tenait devant son père, dans le bureau de celui-ci. Glenn Kildrummy était également là. Un joli garçon ce Bruce ayant la beauté d'un lointain ancêtre suédois ou norvégien.

— J'allais rejoindre des amis... Que voulez-vous, père ?

— Vous demander, mon fils, si vous connaissez Gelsomina Carignagno ?

— Ah ?... Vous êtes au courant ? Glenn aussi, je suppose ?

— Le père de ta Gelsomina sort d'ici. Vous vous doutez de ce qu'il m'a raconté ?

— Il est fâché ?

— Plutôt !

— Il a tort parce que j'ai l'intention de réparer.

— C'est-à-dire ?

— Epouser la mère de mon enfant.

— Vraiment ? Voilà une jolie cérémonie en perspective ! Le fils du maire de Beltonville qui épouse la fille d'un misérable cordonnier italien ! On se foutra de nous dans tout le New Hampshire !

— Mais...

— Vous avez demandé, Bruce, si le papa de votre poule était fâché, mais votre père ? Votre mère ? Y avez-vous pensé ? Vous êtes-vous demandé s'ils étaient fâchés, eux ?

— Vous deux, c'est différent !

— Et voilà ! Votre mère et moi, nous nous sommes crevés pour faire de vous un garçon instruit, élégant, rompu à tous les sports, qui pourra prétendre à la main de n'importe quelle héritière, et vous nous remerciez en allant prendre vos ébats dans le lit d'une étrangère crasseuse !

— Je ne vous permets pas de...

D'un bond, Red quitta son fauteuil et fut sur son fils qu'il empoigna et secoua :

— Vous avez quelque chose à me permettre, vous ? Vous croyez que je ne suis plus capable de vous casser la figure si le cœur m'en dit ? Et le cœur m'en dit bougrement, pour ne rien vous cacher !

Bruce n'avait que 19 ans. Il n'était pas de taille à tenir tête à son père, fût-ce pour la meilleure des causes. Glenn se porta à son secours :

— Voyons, Red, c'est votre gosse, quoi ?

Torphins lâcha son fils et respira profondément avant de déclarer d'une voix sourde :

— Ecoutez-moi, Bruce... Si vous vous dressez contre moi, contre mes projets, je mettrai autant d'acharnement à vous abattre que j'en ai mis à faire de vous ce que vous êtes, et vous n'aurez guère à compter sur le secours de ces pouilleux de Ritals, je vous le garantis ! Glenn va vous accompagner à la maison, vous y préparerez votre valise pour filer immédiatement par le train de 17 heures à Claremont chez ma sœur. Vous y attendrez mes instructions. Vraisemblablement, je vous enverrai à l'université de Havard et vous y resterez les années nécessaires pour y devenir un légiste de premier ordre. Après, Glenn et moi, nous nous occuperons de votre avenir. Quant à cette fille, il n'en sera plus jamais question. Vous ne la reverrez pas, vous ne lui écrirez pas. On mènera une enquête sur elle. S'il est prouvé que vous étiez son seul amant, je lui donnerai suffisamment d'argent pour qu'elle puisse s'établir dans une autre ville. Et pour ce qui est de votre enfant, nous veillerons à ce qu'il ait tout ce qu'il faudra à la condition que sa famille maternelle renonce à nous importuner. Au revoir, Bruce.

*
* *

Glenn Kildrummy dut prendre Donna Torphins à part pour lui expliquer ce qu'il se passait. Donna avait été une jolie fille, molle, sans caractère et il semblait qu'elle eût transmis à son fils, cette inclination à toujours plier devant la volonté d'autrui. Son chagrin de voir partir Bruce était tempéré par l'horreur d'un scandale possible et par son indignation à l'idée qu'une pauvre fille pouvait prétendre devenir l'épouse légitime de ce garçon, qui était sa seule raison de vivre et de supporter un mari qu'elle exécrait. Elle se résigna donc à une séparation qu'elle croyait devoir être courte durée, mais elle se sentait disposée à beaucoup d'autres sacrifices afin de garder le fils qu'elle adorait.

Glenn n'était pas un gardien dont on pouvait déjouer la surveillance et jusqu'à ce qu'il fût installé dans son compartiment, Bruce n'eut pas la moindre occasion ni de téléphoner, ni d'écrire un mot. Avant de quitter le jeune homme, l'adjoint au maire lui suggéra :

— A votre place, je n'essaierais pas de désobéir à votre père... Je le connais... Il n'admet pas d'être humilié... et votre amourette l'humilie... Je vous promets que je vais enquêter de bonne foi sur la petite... On vous tiendra au courant mais par Dieu, tenez-vous tranquille et attendez patiemment... Au revoir, Bruce et bonne chance !

*
* *

Red Torphins n'était pas encore calmé lorsque le téléphone sonna. On lui dit que Salvatore Busselo désirait lui parler. Red détestait et redoutait l'Italien. Il prit la communication.

— Don Salvatore ?

Oui... Bonjour, Monsieur le Maire... Je vous appelle parce que Carignagno, le cordonnier, sort d'ici.

La gorge serrée — car tout dépendait maintenant de l'attitude qu'adopterait le « parrain » — Torphins s'enquit :

— Et alors ?

— Alors, je tenais à vous spécifier qu'il n'a pas à compter sur moi.

Délivré, Red poussa un soupir.

— J'ai pour principe, Monsieur le Maire, de ne pas me mêler de la vie privée de mes concitoyens. A mon avis, ce sont là des affaires qui ne regardent que les intéressés.

— Vous avez parfaitement raison !

— N'est-ce pas ! Seulement...

— Quelque chose qui ne va pas ?

— ...ce Carignagno est très monté, très entêté aussi. Il n'a pas voulu entendre mes conseils de modération. De plus, il est très écouté parmi mes compatriotes...

— Vous n'avez pas pu l'obliger à vous obéir ?

— Il s'est montré grossier à mon endroit et nous avons pratiquement rompu. C'est pourquoi je tenais à vous mettre en garde.

— En garde ?

— Les élections municipales ont lieu dans six mois, dois-je vous le rappeler ? Et notre cordonnier semble décidé à mener une campagne virulente contre vous et votre équipe... Je vous le répète, il est suivi dans notre quatier et... sans nos voix, vous aurez du mal à conserver la mairie, beaucoup de mal.

— Je sais... Don Salvatore, pour quelles raisons agissez-vous de la sorte ?

— Parce que vous êtes un maire avec qui je m'entends bien. Comment deviner s'il en serait de même avec un autre ?

II

Après être resté un mois auprès de sa tante, à Claremont, Bruce Torphins était entré à Harvard. Là-bas, la nouveauté de son existence d'étudiant, les multiples rencontres qu'il y fit et notamment celle de Ketty Carbondale, fille de l'Attorney général du New Hampshire, une charmante gamine de seize ans — le distrayaient d'un chagrin qu'il imaginait éternel. De plus, le silence de Gelsomina n'était pas fait pour raviver ses regrets. Glenn Kildrummy lui avait écrit au moment où il gagnait l'université. Il lui racontait que Gelsomina avait fait une fausse couche et qu'elle se consolait avec des compatriotes. On parlait déjà de fiançailles. Bruce avait été furieux en lisant ces nouvelles et avait filé à Harvard, ulcéré. Il n'avait pas assez de ruse et de vice pour soupçonner que Glenn lui mentait.

Or, Glenn mentait. Gelsomina écoutait pousser en elle le fruit de ses amours avec Bruce dont le silence la désespérait. Dix fois, elle avait écrit chez lui et ses lettres étaient demeurées sans réponses. Des heures, dissimulée dans le jardin public, qui jouxtait la villa des Torphins, elle avait guetté la sortie ou la rentrée de son bien-aimé, en vain. Ses amis, à leur tour, s'étaient mis en quête et et n'avaient pas tardé à apprendre le départ de Bruce. Gelsomina avait résisté plus d'un mois avant d'admettre une trahison qui lui gâchait sa vie et ruinait sa réputation. Elle sombra dans une neurasthénie dont l'affection des siens ne put la tirer et c'est au lendemain du jour où sa mère l'avait sauvée d'extrême justesse, alors qu'elle venait de se pendre, que Gioacchino se décida à l'action.

*
* *

Red Torphins méditait sur la façon dont il pouvait imposer aux blanchisseurs de lui payer une redevance particulière, sous prétexte que plus que n'importe qui, ils profitaient des nouveaux aménagements dans la distribution de l'eau, lorsque Kildrummy entra.

— Un ennui, Red.

— Sérieux ?

— Très sérieux.

— On y est habitué, non ? Allez-y, je vous écoute.

— Nous nous sommes réjouis trop tôt à propos des Italiens qui avaient pris Bruce dans leurs filets.

Le maire cogna sur la table.

— Ils remettent ça ?

— Et comment ! Un type à nous du quartier des Ritals m'a averti. Il paraît que le cordonnier se propose d'aller trouver Bill Shady et de lui faciliter l'accès à la mairie en lui racontant son histoire. Pas de doute ce salaud de Shady exploitera le truc au maximum et les histoires de filles-mères abandonnées touchent toujours les électrices...

— L'ordure !

— Le plus grave est que Carignagno avec sa smala brandissant des pancartes réclamant justice pour sa fille déshonorée par le fils du maire sortant. Vous pouvez compter sur Bill pour ameuter la population au cas où la police entrerait en action...

La fureur crispait Torphins sur son fauteuil. D'une voix oppressée, il grogna :

— Si je tenais ce cordonnier...

— D'accord, Red, mais vous ne le tenez pas et vous n'avez, maintenant, aucune chance de le tenir.

— Que proposez-vous, Glenn ?

— Je crois que si nous voulons garder la mairie, nous devons revenir aux méthodes d'autrefois.

— Vous voulez dire... la suppression ?

— Vous voyez un moyen différent ?

Red n'hésita guère.

— Mais... qui se chargera de...

— Tom... il nous coûte assez cher pour nous rendre un service difficile quand nous le lui demandons. Appelez-le, Red.

Tom Dingwall, le chef de la police, était un véritable colosse. Il mesurait près d'un mètre quatre-vingt-dix et pesait cent trente kilos. Il avait su garder sa quarantaine à l'abri d'un empâtement disgrâcieux. Sans scrupules, ne répugnant à aucune besogne, il avait attaché sa fortune à celle de Red Torphins. Il était au courant de l'aventure de Bruce et écouta avec intéret ce que l'on savait des projets de Carignagno. Lorsque Glenn eut terminé, il releva sa grosse tête et s'enquit :

— Alors ?

— Alors, nous ne pensons pas qu'il y ait une autre issue que l'élimination du père et de la fille avant qu'ils n'aient entamé leur baroud. C'est aussi votre avis ?

— Moi, je n'ai jamais d'avis. J'obéis. Ce Carignagno, je ne le connais pas, mais je veux rester chef de la police.

— Comment vous y prendrez-vous ?

— Je vais en parler avec Bob.

Red précisa :

— Ce doit être rapidement fait.

— Sans doute ce soir.

— Il faut s'attendre à un sacré scandale, mais nous avons plus de quatre mois pour amortir le coup. Quand à Bill Shady...

Dingwall ricana :

— C'est un trouillard. La peur lui fermera le bec. Je ne serais d'ailleurs pas étonné qu'il renonçât à se présenter. En tout cas, s'il se montrait hargneux, j'aurais un entretien privé avec lui.

Dès qu'il fut de retour dans son bureau, Dingwall appela son complice, le lieutenant Bob Holm, un type aussi fluet que son chef était lourd. Il suait la méchanceté par tous les pores de la peau. Même ses amis admettaient qu'il avait un regard de cobra. Il ne bougea pas tandis que Tom lui rapportait les propos du maire et de son adjoint. Holm était assez pourri pour aller tuer sa mère sans le moindre remords, si ceux dont il dépendait le lui demandaient. Il se contenta de remarquer :

— Vous croyez, Tom, que ce sera suffisant d'éliminer le père et la fille ?

— Les exécutants jugeront sur place. Saguache, j'imagine ?

— On peut toujours compter sur lui et ses copains.

*

* *

« Le vieux Grizzly » était un bar qui avait gardé le genre « pionnier ». Le bois y régnait et les serveurs portaient des tenues rappelant celles vues dans les westerns de la télévision. Randolph Saguache se voulait un fidèle client du bar. Il y passait une bonne partie de la journée, buvant, jouant au « Gin-rummy » avec ses copains Frank Gifford, Lee Yarrow et Ray Oban. Saguache, un métis, grand et mince, venait tout juste de dépasser la quarantaine. Il inspirait la crainte, d'abord par sa réputation — tout le monde savait à Beltonville qu'il avait pas mal de meurtres sur la conscience — ensuite par sa silhouette qui faisait penser à une bête dangereuse. Frank Gifford, son cadet de quelques années, un homme puissant, parlait peu et ne riait presque jamais. Lee Yarrow, lui, ressemblait à un petit fonctionnaire méticuleux, tiré à quatre épingles et qui ne quittait ses gants que pour jouer aux cartes. Quant au benjamin, Ray Oban, un blond au regard fuyant et au cheveu frisé, c'était la paresse et sa passion pour les femmes qui l'avaient poussé à rechercher l'argent vite gagné et par n'importe quel moyen. Tous trois avaient du sang sur les mains. Ce jour-là, à Yarrow et Oban qui s'étonnaient de l'absence du métis, leur chef, Gifford répondit qu'il avait été appelé par Tom Dingwall et qu'il les rejoindrait sitôt qu'il le pourrait.

Saguache arriva vers dix-sept heures. Il but un verre à la table de ses amis, après quoi il leur demanda de le suivre. Dehors, ils s'engouffrèrent dans la voiture du métis qui les emmena dans les environs de Beltonville. Personne ne posa de questions. Ils savaient qu'une pareille manœuvre signifiait que Saguache avait quelque chose d'important à leur annoncer et qu'il voulait être sûr que personne n'était susceptible de les écouter. Quand il eut trouvé l'endroit qui lui convenait, le métis arrêta sa voiture et s'adressant à ses compagnons :

— Du boulot pour ce soir, les gars... un sale boulot.

Ils ne bougèrent pas, indifférents.

— Une fille et son père, chez eux.

Giffor s'enquit :

— Où ?

— Dans le quartier des Ritals.

Gifford grogna :

— Moche, en effet.

Inquiet, Yarrow réclama des précisions.

— Si on se met le « parrain » et ses hommes à dos...
Saguache le rassura.
— Ils nous laisseront agir... Don Salvatore est plus ou moins dans le coup.
Oban montra une curiosité inhabituelle :
— Vous savez pourquoi il faut le dessouder le type en question ?
— Il veut nous empêcher de continuer à mener nos existences paisibles.
Yarrow s'écria :
— Dans ces conditions, on lui fera son affaire plutôt deux fois qu'une !
Oban n'aimait pas tuer les filles, il les aimait trop. Il le dit. On le somma de se taire et de ne pas jouer les difficiles ou alors de rendre son tablier. Quand ils regagnèrent Beltonville, les tueurs avaient mis leur plan au point.

*
* *

Ce soir-là, c'était la fête de la mama et la mère de celle-ci, Gaetana Maranello, était venue rejoindre sa fille Virginia pour l'aider à préparer le repas qui réunirait toute la famille autour de la grande table dressée en l'honneur de Virginia Carignagno, dont les quarante-cinq ans s'épanouissaient dans une gentillesse tendre la faisant adorer des siens et d'abord de Gioacchino, son mari. Autant que celui-ci, elle avait souffert de l'aventure de Gelsomina et avait beaucoup pleuré, se croyant abandonnée de Dieu, elle et tous les siens. Puis, peu à peu, parce qu'elle aimait la vie et que la tristesse ne convenait guère à son caractère, elle avait envisagé l'avenir sous un autre angle, surtout du jour où Ivo Biella, le premier commis de la boucherie Anselmi, lui confia qu'étant sans aucun parent, il serait heureux de prendre sa fille pour épouse et d'adopter le petit qu'elle portait. Maintenant que les choses semblaient s'arranger, Virginia essayait de convaincre son mari de ne pas s'attaquer au maire et à sa clique qu'elle jugeait sagement trop forts pour eux, après le « lâchage » de son Salvatore. Depuis son entrevue avec le « parrain », Gioacchino — qui avait l'entêtement farouche des Piémontais — ne payait plus les cotisations assurant la protection de la « Cosa Nostra ». Prévenu, don Salvatore avait ordonné qu'on laissât le cordonnier tranquille.

Dans la cuisine, Virginia, sa fille et sa mère s'affairaient pour réussir le minestrone, les « lazagne verde » et les côtes de veau à la pisaïola. Dans la salle à manger, Anselmo, le fils aîné qui venait d'avoir quinze ans mettait le couvert en compagnie de sa cadette, Luisa qui n'avait que douze ans, tandis que l'oncle Nino Carignagno — coupeur chez un tailleur réputé de Beltonville — débitait la mortadelle en tranches fines. Seuls, les deux derniers enfants, les jumeaux Isabella et Arrigo, qui ne comptaient que six printemps, ne travaillaient pas à la tâche commune. Ils se contentaient de jouer avec Ivo Biella, le fiancé de leur sœur aînée. Il avait apporté les apéritifs. Le papa s'était chargé du dessert. Une belle soirée qui s'annonçait dans l'affection mutuelle et la paix retrouvée. N'eût été cet entêtement de Gioacchino à vouloir absolument venger son honneur, on aurait pu se persuader que le drame familial, vécu par les Carignagno, n'était plus qu'un incident presque oublié.

Gioacchino rentrait chez lui, les bras chargés de gâteaux et de bonbons, lorsqu'il rencontra quelqu'un qu'il estimait, Clem Belford, le flic du quartier. Clem était un policier foncièrement honnête et que l'on savait être tel. Si cette qualité lui avait assuré l'estime, voire l'affection des gens du quartier, elle lui avait coûté sa carrière. Aux approches de sa quarante-cinquième année il était toujours un simple flic et on pouvait prédire, sans grand risque de se tromper, qu'il le resterait jusqu'à sa retraite. Veuf et sans enfant, il vivait avec sa sœur Emily, une modiste, vieille fille toute ronde, pleine de gentillesse, serviable, dévouée, et dont la naïveté d'adolescente enchantait ses clientes. A quarante ans, Emily, avait gardé les illusions de sa jeunesse et tous ceux qui la fréquentaient, s'émerveillaient d'une pudeur que l'on moquait, sans doute, mais qui touchait à la façon d'une fine porcelaine parvenue intacte, en dépit des siècles, jusque chez l'antiquaire. Quoiqu'on sache qu'elle ne servirait pas à grand'chose dans cette époque brutale, on l'achetait pour sa pâte translucide et sa fragilité. Miss Emily Belford ressemblait à cette porcelaine.

— Hello ! Clem, comment ça va ?

— Comme un bonhomme fatigué, Gioacchino, et qui a bougrement mal aux pieds.

— A quand la retraite ?

— Encore une dizaine d'années. Si cela continue de la sorte, j'y arriverai fourbu.

— Mais ne va-t-on pas vous nommer sergent et vous installer dans un bureau à l'abri des intempéries ?

Le flic baissa la voix :

— Vous savez bien qu'ils ne peuvent pas me souffrir à la mairie ? Ma seule présence les gêne et le chef de la police obéit au doigt et à l'œil au maire, alors il faut que je me résigne.

— Les choses peuvent changer, camarade !

— J'en doute !

— Et si Bill Shady était élu ?

Clem secoua la tête.

— Il n'a pas de chance, ami, d'autant que je me suis laissé dire que don Salvatore soutiendrait discrètement Torphins et sa bande.

— C'est possible... Don Salvatore m'a beaucoup déçu lors de notre malheur... Ah ! la « Cosa Nostra » n'est plus ce qu'elle était ! Elle dégénère chaque jour davantage.

En tout cas, Clem, persuadez-vous que je vais apporter un drôle d'appui à Bill Shady en lui racontant de quelle façon Bruce s'est conduit à l'égard de ma fille et j'ai l'intention d'aller camper avec les miens devant la mairie pour réclamer justice! Qu'est-ce que vous pensez de ça ?

— Rien de bon, Gioacchino, si vous voulez vraiment mon opinion.

— Et pourquoi ?

— Parce que je ne crois pas que vous ayez le droit d'étaler la faute de votre fille aux yeux de tous et que vous allez, inutilement, rendre plus difficile son mariage avec le petit Biella... Pour quelles raisons apprendre à tout le monde qu'il n'est pas le père de l'enfant portant son nom ?

— L'amour-propre de mon futur gendre ne compte pas en face de l'honneur des Carignagno ! Il ne sera pas dit que Red Torphins aura pu me traiter comme si je n'existais pas, et son fils s'amuser avec ma fille comme avec une putain !

— En somme, vous vous souciez plus de vous que de vos gosses, hein ?

Le cordonnier se renfrogna :

— J'avais de la sympathie pour vous, Clem, vous venez de la perdre !

— Cela arrive chaque fois qu'on recommande aux gens de se conduire sagement. Avez-vous réfléchi que ce cirque que vous comptez faire devant la mairie, pourrait être dangereux pour vous et les vôtres ?

— Jamais le maire n'osera lever la main sur moi, Bill Shady ne le permettrait pas !

— Red Torphins n'a nul besoin de lever la main sur vous, Gioacchino, il a une équipe spécialisée dans ce genre de travail.

Le cordonnier haussa les épaules et s'en fut sans saluer l'ami qu'il venait de perdre. Clem reprit sa déambulation en soupirant. Il jugeait l'entêtement aveugle de Carignagno plein de périls.

A la vérité, le cordonnier n'était pas sot et il ne pouvait se défendre de penser que Clem Belford avait raison, et il avait raison parce qu'il était un cœur simple. C'est vrai que les gangsters de la mairie pourraient lui causer pas mal d'ennuis et cela en vue d'une banale satisfaction d'amour-propre, autant dire pour du vent. Et puis, il y avait Gelsomina. Il lui était déjà dur d'épouser un garçon pour qui elle avait de l'estime, mais qu'elle n'aimait pas. Alors, pourquoi lui rendre les choses plus difficiles encore? Sans compter que Ivo la prenait telle qu'elle était et, s'apprêtant à offrir un nom et une place au petit bâtard, ne méritait pas qu'on lui compliquât l'existence. En poussant la porte de son échoppe qu'il fallait traverser pour gagner l'appartement, Giocchino avait décidé de tout laisser tomber et d'oublier les humiliations infligées. L'ennui était qu'il ne pouvait mettre Red Torphins au courant de ses nouvelles résolutions.

*
* *

Vers 23 heures, Clem Belford entamait sa dernière ronde. Il se tenait à l'entrée du quartier italien lorsqu'il vit passer une voiture au volant de laquelle il reconnut Randolph Saguache. La peur lui tordit le ventre lorsqu'il se dit que le métis et ses tueurs pouvaient bien aller chez Carignagno. Il se hâta vers la demeure du cordonnier.

Le repas de fête tirait à sa fin. Gioacchino un peu gris s'était lancé dans un discours grotesque qui faisait rire aux larmes sa belle-mère, sa femme et ses deux enfants Anselmo et Luisa. L'oncle Nino somnolait, plein de vin et de nourriture, Gelsomina rêvait au bonheur perdu par la faute de Bruce, Ivo ne pouvait détacher son regard de celle qu'il aimait. Les deux jumeaux qu'on avait envoyés au lit s'étaient relevés et, dissimulés derrière la tenture qui masquait le court vestibule donnant sur la porte de derrière, ils ne perdaient rien d'un spectacle auquel ils n'avaient pas été conviés et qui les faisait pouffer en silence.

Gioacchino s'arrêta pile lorsqu'on entendit les coups violents frappés au volet de bois protégeant la porte qui ouvrait sur la rue. Virginia dit :

— A cette heure-ci ? Qui cela peut-il être ?

Superbe, le cordonnier répliqua :

— On s'en fiche !

Il voulut reprendre son discours, mais le charme était rompu et comme les coups redoublaient, furieux contre ces importuns, furieux contre sa parentèle qui ne l'écoutait plus, il gagna son échoppe et demanda :

— Qu'est-ce que c'est ?

— Police ! Ouvrez !

— Mais...

— Ouvrez, N... de D... !

Gioacchino, qui avait la cervelle légèrement embrumée, ouvrit et Saguache entra dans la pièce suivi de ses amis. Ils avaient mis des bas de femme sur leurs visages. Les tueurs ignoraient que l'on faisait fête chez les Carignagno. De son pistolet coiffé d'un silencieux, le métis abattit le cordonnier qui, en tombant, s'agrippa à son masque et le lui arracha. A ce moment, Virginia, écartant les rideaux qui séparaient la salle à manger de l'échoppe, inonda celle-ci de lumière. Elle vit le corps de son mari, et reconnut Saguache. Du même instant, le métis et son équipe découvrirent toute la famille à table. La mama, pour son malheur et le malheur des siens, cria

— Saguache !

Les tueurs ne pouvaient plus laisser vivre ceux qui savaient, désormais, que leur chef avait tué Carignagno. Oban tira sur Virginia qui s'effondra, puis ils se précipitèrent. Pétrifiés sur leurs chaises, les autres n'en croyant pas leurs yeux, n'avaient pas encore réagi que déjà l'équipe entrait en action. L'oncle Nino passa de la torpeur digestive à la mort, sans rendre compte. Gelsomina mit ses mains à son ventre, en un geste dérisoire, pour protéger l'enfant qu'elle portait, et Yarrow l'abattit d'une balle en plein front. Guifford, méthodique, tua Ivo Biella qui ne lui prêtait point attention, uniquement préoccupé de se jeter au secours de Gelsomina. Oban, un rictus sadique aux lèvres, assassina Anselmo et Luisa. Saguache mit un terme à l'existence de Gaëtana Maranello. En quelques secondes, la famille Carignagno fut rayée de la population de Beltonville, sauf les jumeaux qui, les yeux dessillés, contemplaient cette boucherie où disparaissaient tous les leurs. Le choc avait été tel qu'ils ne purent ni crier ni pleurer, ce qui leur sauva la vie, car les meurtriers ne se doutèrent pas qu'ils laissaient deux témoins de leurs crimes.

Lorsque l'écho des coups de feu lui parvint, Clem Belford prit ses jambes à son cou, mais il était à plus de cent mètres de chez les Carignagno quand la voiture des assassins démarra. Le policier la reconnut et ralentit son allure, il savait ce qu'il allait trouver. En arrivant devant la porte du cordonnier, Clem dut écarter les premiers curieux qui n'osaient pas pénétrer à l'intérieur. Le policier repéra Giulio Alcamo, le « capo » de don Salvatore. Il lui fit signe de le suivre. Ils virent d'abord le cadavre de Gioacchino, puis celui de Virginia. Le cœur faillit leur manquer au moment où ils eurent sous les yeux, le charnier de la salle à manger. Giulio gémit :

— Par la Madone, ce n'est pas possible !

Clem gronda :

— Des gosses... Ils tuent des gosses à présent...

— Mais qui ? qui ?

Le policier regarda Alcamo :

— Si vous ne vous en doutez pas, demandez donc à don Salvatore.

— Vous croyez que...

— Je crois qu'il a été une époque où la « Cosa Nostra » aurait durement châtié ceux qui se seraient permis de massacrer une famille italienne...

Giulio écarta les bras dans son geste d'impuissance.

— C'est vrai... Aujourd'hui

— Aujourd'hui, les dollars passent avant l'honneur. ...Voulez-vous téléphoner à la police pendant que je vais inspecter les lieux ?

— D'accord.

Le « capo » retourna dans l'échoppe. C'est ce que souhaitait Clem qui avait surpris un mouvement de fuite légère dans l'escalier. Le revolver au poing, il grimpa les marches et sa lampe éclaira bientôt les jumeaux terrorisés. Il s'agenouilla près d'eux.

— N'ayez pas peur, mes petis lapins... Vous me reconnaissez ? Le papa Clem...

Il les embrassa et, ayant rengaîné son arme, il en prit un sous chaque bras et sortit avec eux par la porte de derrière. Une fenêtre s'éclaira et la vieille Giulia Mandrisio, que tout le monde, dans le quartier, appelait « nona » (la gand-mère) apparut pour demander :

— Mais, à la fin des fins, qu'est-ce qui arrive en bas ?

Sans élever la voix, le policier dit :

— C'est moi, Clem... Descendez vite, nona !

Giulia, en dépit de son âge, était une femme de décision. Elle en avait trop vu au cours de sa longue existence pour perdre son temps à parler quand il fallait agir. Immédiatement, elle fut devant le policier :

— Prenez ces deux gosses, nona, et emmenez-les chez ma sœur, mais faites attention qu'on ne vous voie pas.

— Pourquoi ?

— Pour qu'on n'assassine pas ces deux créatures du

Bon Dieu comme on vient d'assassiner toute leur famille.

La voix rauque, la veille s'enquit :

— Même Anselmo et Luisa ?

— Même Anselmo et Luisa.

Elle étouffa un sanglot et partit dans la nuit. Le policier rentra dans la maison ensanglanté et Giulio s'enquit :

— Où étiez-vous donc passé ?

— Je regardais si je dénichais un indice quelconque.

— Et alors ?

— Rien.

— Vos copains arrivent... Si ça ne vous gêne pas, j'aimerais autant ne pas les attendre.

— Entendu, filez et merci.

La rue s'emplit d'un tumulte assourdissant où perçaient les ordres lancés à pleine voix et les avertissements brutaux des klaxons. Les policiers firent irruption chez le cordonnier, Tom Dingwall en tête, suivi par Bob Holm, les photographes, les spécialistes des empreintes et le médecin légiste. Le chef s'adressa à Clem :

— Bonsoir, Belford... C'est vous qui avez appelé ?

— J'ai fait appeler.

Dingwall montra du menton le cordonnier et sa femme.

— Qui est-ce ?

A cet instant, Clem sut que Dingwall mentait et qu'il était au courant du drame en admettant qu'il ne l'eût pas organisé.

— Gioacchino Carignagno et son épouse Virginia... De braves gens fort estimés dans le quartier.

— Je ne vous demande pas de prononcer leur éloge funèbre. Vous semblez tout retourné, Belford ? Ce n'est pas la première fois que vous voyez des cadavres, nom d'un chien !

— Dans ces conditions, oui !

— Quelles conditions ?
— Regardez, chef !
Belford tira brusquement le rideau séparant la salle à manger de l'échoppe et l'épouvantable spectacle apparut. Il se fit une silence subit. On eût dit que plus personne n'osait respirer. Dingwall en resta stupéfait un moment avant de soupirer :
— Bon Dieu de Bon Dieu...
Le lieutenant grogna :
— Une vraie boucherie...
Clem eut le sentiment que les deux policiers étaient dépassés par l'événement et il faillit crier que leurs tueurs avaient mal travaillé, mais il se rappela les jumeaux et pensa qu'il devait tout tenter pour les sauver et d'abord passer pour benêt ou pour complice. Dingwall ordonna :
— Racontez, Belford.
Clem expliqua qu'il avait été alerté par les coups de feu et qu'il s'était présenté à temps pour voir démarrer la voiture des assassins.
— Pourquoi ce pluriel ?
— Parce qu'il me semble pas possible qu'un seul homme ait pu réussir un pareil massacre.
Le flic crut discerner une légère inquiétude dans la voix de Dingwall lorsqu'il le questionna :
— Vous avez repéré le numéro de la voiture ?
Clem haussa les épaules.
— J'étais bien trop loin et c'était la nuit.
Le soulagement du chef n'échappa pas à son subordonné.
— Une idée des salauds qui ont fait ça ?
— Pas la moindre... Carignagno n'avait pas d'ennemis, du moins je le crois, mais j'ai dû me tromper puisque... Peut-être une histoire d'Italiens, entre eux...
— Je pense aussi qu'il faudra fouiner de ce côté-là...

Du bon boulot, Belford... Vous ne pouviez agir autrement..

Pour souligner le contentement de son patron, le lieutenant serra la main de Belford.

— Assez d'émotions pour ce soir, mon vieux. Allez donc dormir.

Le policier profita du conseil et, laissant les spécialistes s'occuper du drame, il regagna la petite maison entourée d'un jardinet où il vivait avec sa sœur Emily. Celle-ci guettait son arrivée et lorsqu'il eut refermé la porte derrière lui, elle l'avertit :

— Je les ai couchés dans la chambre d'amis, les pauvrets... Ils n'ont pas ouvert la bouche... Pas un mot, pas un sourire, pas une larme... On dirait presque qu'ils sont en catalepsie.

— Traumatisés par ce qu'ils ont vu, simplement.

— Alors, c'est vrai ce que m'a raconté la nona ?

— Les gosses sont les derniers représentants de la famille Carignagno.

— Mon Dieu !

Emily se mit à pleurer, doucement, sans bruit. Clem ne chercha pas à la consoler. Il ne s'en sentait pas le courage. Elle s'arracha à son chagrin pour dire :

— Vous avez faim ?

— Non. Je vais boire un whisky. J'en ai besoin.

Elle posa la bouteille et le verre devant son frère.

— Clem... On devrait prévenir la tante Josefa, la sœur du malheureux Gioacchino.

— Quelle est son adresse ?

— Je l'ai notée quelque part la dernière fois qu'elle est venue, cela fait quatre ans...

Tandis qu'elle fouillait dans les tiroirs du buffet, elle commentait :

— Je me rappelle que c'est à Marion, dans l'Indiana... Ah ! tenez, la voilà... 758, Coleman Street, Marion, Indiana.

— O.K.Je lui envoie un télégramme.

*
* *

Tom Dingwall et son adjoint n'étaient pas très fiers d'eux, lorsqu'ils pénétrèrent dans le bureau où Red Torphins et Glenn Kildrummy leur avaient donné rendez-vous. Sitôt que les policiers furent dans la pièce, le maire regarda le chef.

— Ça y est, Red... Les Carignagno ne risquent plus de vous susciter le moindre souci.

— Tant mieux... Merci, Tom.

— Attendez : il y a un petit ennui.

— Ah ?

— Saguache et ses copains ont montré trop de zèle.

— Ah ?

— Ils ont tout tué dans la maison.

— Quoi !

— Carignagno, sa femme son frère, sa belle-mère, sa fille Gelsomina, ses deux autres gosses et le fiancé... Huit cadavres. C'est beaucoup.

— Ils sont devenus fous ou quoi, vos crétins de tueurs ?

— Je ne sais pas. Je ne les ai pas revus. Ils doivent être occupés à se forger des alibis d'acier.

— Mais N... de D... ! Huit cadavres ! comment nous en sortir !

Kildrummy exposa son remède :

— Demandez à la presse de faire le plus de bruit possible, Red. Réclamez le châtiment des coupables. Promettez des primes importantes à qui fournira un indice susceptible de mettre la police sur la piste du ou des meurtriers. Alertez l'Attorney de Concord et téléphonez à don Salvatore pour connaître son opinion. Quant à vous, Tom et à vous, Bob, sortez le grand jeu : barrages, patrouilles, arrestations de suspects, fouilles dans la rue, etc. Il importe de donner l'impression que vous considérez cette tuerie comme une offense personnelle. Dites à Saguache et à sa bande de ne pas disparaître, surtout ! Qu'ils ne changent rien à leurs habitudes sous peine d'éveillez les soupçons.

Un peu après minuit, la machine policière s'ébranlait.

III

Josefa Feltre était la sœur aînée du pauvre Gioacchino. Elle abordait la cinquantaine avec une hargne que l'âge aggravait d'année en année. Veuve depuis 1918 (son mari avait été tué en France, à Saint-Mihiel) elle en voulait à tous les hommes de sa génération, leur reprochant d'être encore vivants. Pourquoi vous et pas lui ?. Elle ne trouvait à apaiser ses ardeurs vengeresses que dans la lecture de la Bible. Elle était devenue une familière du prophète Jérémie et invectivait le monde dès qu'elle avait un moment de libre. Le long télégramme de Clem Belford la laissa incertaine quant à l'étendue du malheur ayant frappé les Carignagno. Elle devina qu'il devait être d'importance. Elle télégraphia à l'adresse indiquée sur le message reçu et prépara sa valise où, en premier lieu, elle glissa sa chère Bible.

*
* *

A Beltonville, le massacre de la famille Carignagno avait retenti comme un coup de tonnerre. On ne comprenait pas les raisons d'une pareille tuerie. Plus particulièrement l'assassinat de Gelsomina, de Luisa et d'Anselmo soulevait d'indignation. La cité grondait à la façon d'un grosse bête blessée que la colère agite, mais que la peur immobilise. De Concord, l'Attorney avait envoyé des policiers pour réclamer des explications sur ce crime qui remuait l'Amérique entière. Des journalistes arrivèrent de tous les coins des States, mais ils restèrent sur leur faim. Ils rencontrèrent des policiers aimables, pleins de zèle et incapables de dénicher le moindre commencement de piste. Ce grand branle-bas embêta la population et n'apporta pas grand-chose de substantiel. On dut, très vite, relâcher les Noirs qu'on avait fourrés en prison à tout hasard.

Le lieutenant Holm avait convoqué Saguache pour lui demander s'il n'avait pas perdu la tête. Le métis expliqua ce qu'il s'était passé et qu'il lui avait été impossible de laisser un seul survivant du moment qu'il avait été reconnu.

— La poisse, lieutenant. On ne pouvait pas deviner que les Carignagno au complet s'étaient réunis hier soir pour faire la bringue !

— Vous n'aviez qu'à mieux vous renseigner !

— On dit ça après coup. N'importe comment, on a supprimé tous les témoins.

— Saguache... vous saviez que Carignagno avait cinq enfants ?

— Cinq ?

— Et que deux manquent à votre tableau de chasse, les deux derniers ?

— On va les chercher et...

— Ah ! non ! Assez de sang ! Vous tenez à nous faire lyncher ou quoi ? D'ailleurs, ce sont des bébés et si vous ne les avez pas vus, c'est qu'ils devaient être couchés dans une autre pièce ou dormir chez des amis. De toute façon, ils ne représentent aucun danger. Donc, laissez-les tranquilles.

*
* *

Depuis l'annonce de l'élimination de la famille Carignagno, Red Torphins n'avait pu fermer l'œil. Il avait beau avoir pas mal de canailleries sur la conscience, voire un ou deux meurtres, une pareille boucherie le bouleversait. Ce n'était pas exactement du remords, mais plutôt le sentiment d'avoir passé la mesure, d'avoir commis une faute grave qu'il paierait un jour. Donna, sa femme, évitait de lui adresser la parole tant il était de méchante humeur. Elle ne comprenait d'ailleurs pas pour quelles raisons son mari prenait tellement à cœur cette épouvantable histoire. Elle était encore très loin d'imaginer qu'il y fût impliqué.

Par contre, chez le « parrain » on ne nourrissait pas la moindre illusion quant à la culpabilité du maire dans le massacre. Tout en sirotant une grappa envoyée du pays, don Salvatore exposait son sentiment à sa femme Antonina, en qui il avait grande confiance et à Alcamo, son bras droit.

— Je n'aurais pas cru que Torphins irait si loin.

— Difficile à admettre, en effet.

Antonina ajouta :

— Tu vas les laisser s'en tirer, Salvatore ?

— Sans doute, mais ça leur coûtera pas mal d'argent. Disons, si tu préfères, Antonina mia, que cela nous rapportera beaucoup de dollars. Tu auras ta part, Giulio.

— Vraiment ?

— J'exigerai que le maire paie ma neutralité en me laissant organiser la loterie du samedi, comme à Naples.

Antonina dit :

— Et le Bon Dieu, Salvatore, tu y penses ?

— Je donnerai ce qu'il faudra à l'église, tu me connais...

— Oui, et c'est bien ce qui m'inquiète.

Le « parrain » rit paisiblement. Alcamo paraissait nerveux. Don Salvatore s'en aperçut.

— Quelque chose qui t'ennuie, Giulio ?

— Les jeunes...

— Quoi, les jeunes ?

— Les jeunes du quartier. Ils s'attendent à ce que vous leur ordonniez de venger les Carignagno.

— Bah ! ce sont des romantiques... Ils se calmeront... Et puis, tu es là pour leur faire entendre raison, hé ?

*
* *

Emily qu'on connaissait peu dans le centre de Beltonville avait été chargée de récupérer la tante à la gare. La vieille fille se torturait à la pensée qu'elle pourrait ne pas repérer la visiteuse si elle avait beaucoup changé. Elle se rendit compte à quel point ses craintes étaient vaines lorsqu'elle aperçut cette grande femme maigre, sèche, toute vêtue de noir et dont les voyageurs s'écartaient sans même en prendre conscience. Ce fut elle qui vint au devant d'Emily.

— Miss Belford, n'est-ce pas ?

Déjà Emily était gonflée de larmes.

— Mrs Feltre, je voudrais vous dire...

— Non, à la maison. Nos peines ne regardent personne.

Josefa Feltre écouta le terrible récit de Clem sans un tressaillement. Elle ne redevint humaine que lorsque les jumeaux se présentèrent. Elle les serra contre sa poitrine plate et des larmes lui mouillèrent les yeux. A son contact, les petits parurent se dégeler, redevenir humains.

— Si je vous ai compris, Mr Belford, vous avez sauvé mes neveux ?

— Je pense, en effet, que si les tueurs les avaient vus...

— Naturellement, je les emmène avec moi à Marion, je les élèverai. Je les empêcherai d'oublier. Vous non plus, ils ne vous oublieront pas... Ce que vous avez fait pour eux, les attache à vous pour toujours. Et maintenant, sur quelle aide puis-je compter afin qu'on rende justice à mes morts ?

Clem, gêné, hésita et puis lâcha, tout à trac :

— Sur personne.

— Pourquoi ?

Il dit longuement pourquoi. Quand il eut terminé, Josefa s'enquit :

— Vous croyez vraiment que c'est le maire et sa clique qui ont organisé la tuerie à cause de la menace que représentaient pour eux mon frère et son désir de se venger, Gelsomina et le bébé qu'elle portait ?

— En conscience, je le crois.

*
* *

Tout Beltonville s'était rendu à l'enterrement des Carignagno que trois corbillards transportaient à leurs dernières demeures. Au cimetière, attendant l'arrivée des dépouilles mortelles, les Italiens s'étaient massés dans un coin et devant eux, don Salvatore, son épouse et Giulio Alcamo. En face, les gens de Beltonville avec, détachés, le maire, son adjoint, le chef de la police et le lieutenant. Saguache n'avait quand même pas osé venir.

Lorsque la tante Josefa descendit de la première voiture en compagnie du prêtre et de deux enfants de chœur, la tension monta. Dans un silence total, on suivit des yeux la femme se dirigeant vers tombes ouvertes, on regarda les fossoyeurs descendre les cercueils, on écouta le curé — d'origine italienne lui aussi —, réciter les prière des morts, puis bénir les corps avant de passer le goupillon à Josefa. Le maire, accompagné de ses amis, s'approcha pour prendre la suite, mais la tante cria :

— Non !

Un long murmure naquit et enfla dans la foule. Red Torphins, décontenancé, ne savait quelle attitude adopter.

— Mais l'usage...

— L'usage n'est pas que l'assassin bénisse ses victimes !

Une houle de colère monta parmi les Italiens.

— Vous dites n'importe quoi !

Le temps durait à Tom Dingwall de s'en aller. Il n'ignorait pas que s'il portait la main sur Josefa, les Ritals se jetteraient sur lui et ses copains. Et cet imbécile de Red qui insistait !

— Je suis sûr...

— Va-t'en, et que le sang des innocents te retombe sur la tête ! Un jour viendra où tu paieras tes crimes ! toi, et tous ceux qui ont été tes complices ! Alors « la mort montera par vos fenêtres, elle pénétrera dans vos palais, elle exterminera les enfants dans les rues et les jeunes gens sur les places, car l'Eternel a dit : « Les cadavres des hommes tomberont comme du fumier sur les champs, comme tombe derrière le moissonneur une gerbe que personne ne ramasse ! »

Le maire reculait et tous les gens de Beltonville reculaient avec lui. On n'osait plus respirer. Cette voix qui prophétisait les épouvantait. Le prêtre, bouche bée, contemplait la femme comme si le prophète Jérémie se réincarnait en sa personne. Dingwall tira Torphins en arrière et chuchota :

— Foutons le camp... Red... Elle est folle !

Lorsque le maire, ses acolytes et ses administrés américains se furent retirés, don Salvatore, la figure empreinte d'une mélancolie le rendant encore plus « bon papa » qu'à l'ordinaire, rejoignit Josefa.

— Signora...

— Tais-toi, Salvatore ! Le sang de mon frère et des siens te marque à jamais !

Le « parrain » pensa qu'il aurait été plus sage en ne venant pas...

— Mais, je n'y suis pour rien, Josefa !

— Tu as laissé faire, Salvatore et Dieu te punira comme Il punira tous ceux-là et toutes celles-là qui ont permis qu'on assassine leurs frères et leurs sœurs !

Dans les rangs des Italiens, on entendit des femmes sangloter. Les hommes baissaient le nez, vaguement conscients de leur culpabilité. Et Josefa continuait : « Beltonville et tous ceux qui y vivent seront châtiés ; car il n'y a qu'oppression au milieu d'elle. Comme un puits fait jaillir ses eaux, ainsi elle fait jaillir sa méchanceté ; il n'est bruit en son sein que de violence et de ruine ; sans cesse à mes regards s'offrent la douleur et les plaies ! »

Tous, ils repartirent avec un grand froid au cœur.

Dans la nuit qui suivit le jour des obsèques, Clem Belford se tournait et se retournait dans son lit, ne parvenant pas à s'endormir. Il se demandait s'il avait été bien inspiré en laissant les jumeaux s'en aller avec Josefa Feltre qui, sans doute, ne saurait leur enseigner que la haine.

CHAPITRE II

1928

Beltonville fut long à panser la plaie qui la rongeait. Le moindre pauvre type de la cité savait que les Carignagno étaient morts parce que le maire et son gang l'avaient voulu. On en éprouvait une honte que le temps ne parvenait pas à effacer, honte d'autant plus grande qu'on votait encore pour Red Torphins et ses tueurs, qui s'arrangeaient pour n'avoir jamais de concurrent. Au début, les autorités de Concord, la capitale de l'Etat, sollicitées, étaient venues jeter un coup d'œil sur ce qu'il se passait à Beltonville et elles étaient reparties sans rien remarquer d'anormal.

Les jours, peu à peu, commencèrent à gommer le souvenir des malheureux Carignagno. Pourtant, il furent nombreux ceux qui ne parvinrent pas à oublier et notamment dans le quartier italien. Sous l'impulsion des jeunes, don Salvatore faillit perdre sa place privilégiée, mais l'époque héroïque de la « Cosa Nostra » à Beltonville était bien révolue et on donna la préférence à l'intérêt sur l'honneur, or l'intérêt du quartier consistait à entretenir d'excellentes relations avec la mairie. Pourtant, il y en avait pour se rappeler les prophéties de Joséfa Feltre et qui vivaient dans l'attente d'ils ne savaient trop quoi. Don Salvatore, qui avait obtenu le droit d'organiser la loterie du samedi, prenait de l'âge, en grossissant son compte en banque. Sa femme, Antonina, se voulait la bienfaitrice numéro un de l'église consacrée à Santa Reparata. Giulio Alcamo s'empâtait et jugeait que l'existence bourgeoise n'était pas désagréable.

A la mairie, on avait adopté une vitesse de croisière. Red Torphins, Glenn Kildrummy, Tom Dingwall et Bob Holm vieillissaient paisiblement, persuadés que personne ne pourrait leur faire perdre leurs sinécures avant le moment où ils arriveraient à la retraite.

Toutefois, Red et Glenn avaient connu un cruel instant de panique lorsqu'il leur avait fallu mettre Bruce au courant du drame du quartier italien. Glenn s'était rendu à Harvard pour raconter l'histoire à sa façon. Bruce comprit que les Carignagno étaient revenus à Beltonville pour célébrer les fiançailles de Gelsomina et d'un italien. Le massacre de la famille entière relevait de ces haines où l'Europe s'était plu au Moyen Age et conservait depuis. La tuerie devait être le fait d'un fanatique ou d'un fou. Contrairement à ce que redoutait l'ambassadeur de Torphins, Bruce ne manifesta pas un chagrin démesuré. Sans doute éprouva-t-il de la peine, mais une peine discrète, polie. A dire vrai, le jeune homme se montrait tellement absorbé par ses études et son flirt avec Ketty Carbondale qu'il n'avait pas le temps de pleurer sur ses amours mortes. Une pareille attitude enchanta Red Torphins et Donna, son épouse, qui commencèrent à fonder de grandes espérances sur un fils si raisonnable. Elles ne furent pas déçues. En 1928, à vingt-quatre ans, Bruce fut reçu docteur en Droit et nommé adjoint de l'Attorney de Beltonville. On pouvait espérer qu'il deviendrait gouverneur du New Hampshire. Pour se faciliter la tâche et aussi, tout de même parce qu'il l'aimait, il avait épousé Ketty Carbondale, et son beau-père, le District Attorney de Concord, dirigeait sa carrière. La famille Torphins pouvait, sans crainte d'être démentie, affirmer qu'elle avait bien réussi.

Saguache et ses copains s'obligeaient à un entraînement physique de plus en plus douloureux au fur et à mesure que l'âge les alourdissait et diminuait leur goût partagé de l'aventure. Clem Belford avait été nommé sergent et passait ses journées dans un bureau à l'abri des intempéries comme le lui avait souhaité Gioacchino Carignagno la dernière fois où il l'avait rencontré. Tous les deux mois, Emily et lui recevaient des nouvelles d'Isabella et Arrigo qui leur disaient leur existence d'écoliers. Au bas de chacune de ces épîtres, Josefa Feltre signait sans ajouter un mot.

Ainsi, les saisons succédaient aux saisons et Beltonville continuait à vivre dans son ignominie et ses remords qui n'étaient, malheureusement, l'apanage que de quelques-uns possédant des consciences un peu sourcilleuses. Cependant, la plupart des habitants se persuadaient que le massacre des Carignagno constituait une de ces pages honteuses, que bien des cités en voie de développement traînent dans leurs bagages, des bagages qu'on abandonnait au long de la route menant à l'avenir, des bagages que bientôt tout le monde aurait oubliés.

Ceux-là se trompaient.

CHAPITRE III

1932

Le temps avait passé et Beltonville s'était assoupi dans l'oubli. Dix ans déjà, depuis la nuit du massacre...

Les jours qui coulent emportent les grandes douleurs et les grandes colères à la façon de la vague rongeant les rochers les plus durs. Et puis, les événements dont on ne parle jamais s'estompent plus vite que les autres dans les mémoires qui ne souhaitent pas se souvenir. A Beltonville, personne ne voulait se souvenir des Carignagno.

Ayant définitivement assis son autorité sur la ville, Red Torphins attendait que son fils — devenu District Attorney — se fût affirmé par quelque action d'éclat pour lui céder la place, étant prévu qu'il garderait à ses côtés ceux de la bande qui étaient encore en âge de servir. Bruce avait deux beaux enfants : une fillette, Priscilla, âgée de trois ans et un garçon qui se nommait Red comme son grand-père paternel, et qui venait tout juste d'avoir un an. Donna Torphins ne luttait plus contre les ravages du temps et se résignait à n'être qu'une mère et qu'une grand'mère attentionnée. Glenn Kildrummy s'apprêtait à jouer le rôle de mentor auprès du fils de son ami de toujours. Dingwall et Holm maintenaient l'ordre à la satisfaction de chacun, et nul ne cherchait à savoir s'il leur arrivait ou non d'abuser de leur autorité. La police — disaient ces résignés — est un fléau nécessaire. Saguache et son équipe avaient mal résisté à l'âge. La tranquillité régnant dans la cité les privait d'exercice et ils se rendaient de moins en moins au gymnase. Tous perdaient peu à peu leur réflexes, mangeaient et buvaient beaucoup. Sauf Saguache et Oban qui n'entendaient point s'enchaîner dans le mariage, Gifford et Yarrow avaient pris femme et menaient une existence tranquille et bourgeoise.

Chez les Italiens, on commençait à supporter difficilement l'autorité de don Salvatore. Parce que les Carignagno étaient des Italiens, le quartier oubliait beaucoup moins vite que le reste de la ville. Dans pas mal de maisons encore, des gens s'obstinaient à réciter, le soir, avant de se mettre au lit, une prière pour le repos de l'âme des malheureuses victimes. Chaque année, une collecte dans la rue où avaient habité Gioacchino et les siens, servait à célébrer une messe. Les plus jeunes, arrivés aujourd'hui à l'âge d'homme, affirmaient ne pas comprendre pourquoi leurs aînés avaient supporté une telle injustice sans réagir. Giulio Alcamo tentait d'expliquer les raisons de l'attitude observée alors par le « parrain ». Il ne convainquait personne et ces discussions se terminaient régulièrement avec la promesse faite par les auditeurs du « capo » que si pareille aventure se reproduisait, les Yankees paieraient la note et qu'elle serait salée.

Tenu au courant, don Salvatore affectait de rire de ce qu'il déclarait être des rodomontades, mais au fond de son cœur, une sourde inquiétude le tenaillait. Il craignait pour son « job » et redoutait que les « signori » de la « Cosa Nostra » à New York, mis au courant de la baisse de popularité de don Salvatore, ne le prient d'abandonner son poste. En outre, avec l'âge, la foi religieuse de son enfance revenait l'assaillir, et il avait peur qu'au-delà de la mort il ne trouve point le pardon accordé aux seuls justes. Antonina, versant de plus en plus dans la bigoterie, était pour quelque chose dans le revirement de son époux.

Enfin, Clem Belford venait de prendre sa retraite et s'éfforçait de ne point trop s'ennuyer auprès d'Emily. A la veillée, quand la télévision avait arrêté ses émissions, le frère et la sœur s'entretenaient souvent d'Arrigo et d'Isabella. Ils auraient aimé les revoir. Ils calculaient qu'ils devaient avoir un peu plus de dix-sept ans. Ils s'interrogeait sur ce à quoi ils ressemblaient. Ils se persuadaient mutuellement que les gosses avaient dû perdre leurs visages glacés en même temps qu'ils abandonnaient leurs vêtements de deuil. Ils ne parvenaient pas à asseoir leur opinion à travers les lettres qu'ils recevaient régulièrement à intervalles fixés une fois pour toutes. Ces lettres affirmaient une reconnaissante affection, mais la tendre Emily trouvait qu'elle manquaient de chaleur et Clem se montrait fort dépité qu'on ne répondît jamais aux questions qu'il posait. En bref, ce que les Belford savaient essentiellement, c'est que là-bas, à Marion, on se portait bien. Aussi, leur joie fut-elle grande lorsque Josefa leur écrivit afin de savoir s'ils accepteraient de recevoir les enfants durant une quinzaine. Elle disait que ses neveux, au moment de se choisir un métier selon leurs goûts, tenaient à revoir le cadre de leur enfance et à se recueillir sur les tombes de leurs parents. Clem écrivit avec enthousiasme qu'il irait en personne chercher Arrigo et Isabella à la gare. La jeune fille aurait sa chambre et le garçon partagerait celle de son hôte.

Emily estimait que les heures n'en finissaient pas de passer. Enfin, celle tant espérée sonna. C'était une magnifique journée de printemps, pleine de lumière. Les gens de Beltonville se rendaient à leurs travaux quotidiens, la joie au cœur, une rengaine aux lèvres. Nul ne se doutait qu'en cet instant exceptionnel, faisant croire à l'existence du paradis, roulaient vers Beltonville deux enfants tristes qui venaient venger leurs morts.

N'étant plus fonctionnaire et n'ayant plus à redouter les foudres de la mairie, Clem avait tenu la promesse faite à Josefa et se trouvait à la gare, longtemps avant l'arrivée du train de l'Indiana. Le retraité aimait le spectacle de la foule s'embarquant pour toutes les directions et lui, qui n'avait jamais quitté Beltonville, il humait un parfum d'aventure dans ce va-et-vient affairé.

Le train entra en gare et les voyageurs qui arrivaient, ceux qui partaient se mélangeant à ceux qui attendaient ou demeuraient sur place pour un ultime au revoir, formaient une sorte de masse compacte auréolée de cris, d'appels et de promesses. Inquiet, Clem, posté près de la sortie du quai, se demandait si les jumeaux n'allaient pas passer sans qu'il le vît et sans qu'ils le voient. Haussé sur la pointe des pieds, il tendait le cou, à la façon d'une chèvre, dressée sur ses pattes arrière pour tenter d'attraper les branches basses d'un arbre. Soudain, dans le flot qui déferlait vers le retraité, il se produisit un creux et Belford aperçut ceux dont ils guettait la venue. Il constata — aussi incroyable que la chose pût paraître — qu'en dépit de la foule, les jumeaux se tenant par la main, avançaient dans une espèce de vide s'ouvrant continuellement devant leurs pas. On eût dit qu'on redoutait de les toucher par peur ou par crainte de blesser ce couple si frêle. C'est cette apparente fragilité qui, tout d'abord, impressionna Clem. Il se souvenait des enfants sauvés du massacre. Il avait le sentiment que c'était exactement les mêmes qui s'étaient allongés. Il remarqua ensuite, qu'en dépit de ses espérances, le frère et la sœur avaient leur air d'autrefois. Il n'était pas possible qu'ils fussent demeurés semblables ! Dix ans avaient passé ! Les voyageurs qui parvenaient à la hauteur des gosses infléchissaient leur marche et ceux qui parvenaient à les remonter, se retournaient. Vêtus de noir, Isabella et Arrigo allaient sans hâte, la main dans la main, portant leur mince bagage. Peut-être y en avait-il pour se figurer qu'il s'agissait de petits amoureux... Clem devinait que le malheur avait étroitement vécu l'un avec l'autre au point de n'être plus qu'un seul être à deux visages. A cet instant, Belford sut qu'Isabella ne se marierait jamais et qu'Arrigo ne fonderait jamais un foyer. Ils vivaient tous deux dans un monde inventé par la terrible Josefa, un monde que le prophète Jérémie régissait.

Clem était si désemparé, si déçu, qu'il eut de la peine à les appeler. Il couina plus qu'il ne cria. Isabella et Arrigo l'entendirent cependant et vinrent à lui. Ils eurent un léger sourire qui ressemblait à une grimace. Belford embrassa leurs joues grises et ils lui rendirent ses baisers avec des lèvres froides. Le bonhomme éprouvait de la difficulté à respirer.

— Mes petits... Je suis si heureux de vous revoir !

— Nous aussi, oncle Clem... Comment va tante Emily ?

— Très bien,... très bien. Nous allons vite la rejoindre... Elle nous attend. Je suis sûr qu'elle ne cesse pas de regarder la pendule.

Il avait beau se démener, l'atmosphère ne se réchauffait pas et tandis qu'il s'installait au volant de sa voiture, le vieux policier eut l'épouvantable idée que les petits aussi avaient été abattus le soir de la tuerie, qu'il n'avait sauvé que leurs cadavres lesquels, par un curieux miracle, continuait à vivre au milieu des vivants, toutefois sans se mêler à eux.

Emily — qui débordait de tendresse inemployée — fut frappée par l'attitude des jumeaux. Tous ses efforts en vue de les obliger à ressembler à des adolescents ordinaires demeurèrent vains. Pour tenter de les dégeler, elle récita tous les alinéas du programme que son frère et elle avaient combinés afin que leurs visiteurs ne s'ennuient pas un instant, mais très vite Arrigo l'interrompit :

— Je vous remercie, tante Emily. Nous ne sommes pas venus pour aller au cinéma, au base-ball, ou en pique-nique. D'ailleurs, à Marion, nous ne sortons jamais.

— Vous ne sortez jamais ?

— Jamais.

— Vous vous rendez en classe cependant ?

— On nous instruit à la maison. Nous avons obtenu des certificats médicaux qui nous dispensent d'aller à l'école.

— Alors, vous n'avez pas d'amis de votre âge ?

— Non.

— Et votre tante juge cela normal ?

— C'est elle qui le veut. D'ailleurs, cela nous plaît.

— Mais vous devez terriblement vous ennuyer ?

— Non.

— Voyons ! A quoi vous occupez-vous, lorsque vous n'étudiez pas ?

— Nous vivons avec nos morts.

De sa petite voix presque détimbrée, Isabella dit :

— Le bébé de Gelsomina aurait dix ans. C'est l'âge où il faut faire très attention aux enfants, n'est-ce pas ?

Emily qui portait une tasse à sa bouche, la reposa. Elle ne pouvait plus avaler. De son côté, Clem repoussa l'assiette où sa sœur avait mis un gros morceau de tarte aux pommes. Les jumeaux mangeaient lentement, mastiquaient avec soin, sans témoigner de plaisir ou de déplaisir. Emily chuchota :

— Qu'aimeriez-vous donc faire pendant votre séjour, mes chéris ?

C'était presque toujours Arrigo qui répondait. On ne

s'en formalisait pas tant il paraissait évident que sa sœur et lui pensaient exactement de la même façon sur les mêmes choses.

— Nous irons au cimetière. Nous nous promènerons dans le quartier où nous sommes nés. Nous visiterons Beltonville. Tante nous a demandé d'agir ainsi.

— Savez-vous pour quelles raisons ?

— Elle voudrait apprendre comment est la ville à présent.

Belford et Emily échangèrent un coup d'œil.

— Qu'entend-elle par là ?

— Elle pense que, sous l'effet de la honte et du remords, tout ici a dû se dessécher comme la main que frappe la colère de l'Eternel. Elle aimerait que nous lui décrivions, à notre retour, dans quel état est Beltonville dix ans après son crime.

— Ainsi, tante Josefa pense encore à ça ?

Les adolescents, d'un mouvement identique, levèrent les yeux sur leur hôte.

— Cela vous étonne, oncle Clem ?

— Ma foi, oui.

— Pourquoi ? Auriez-vous oublié, vous, et tante Emily ?

Il les devinait tendus, bouillonnants d'angoisse, d'indignation.

— Non, mon garçon, ta tante et moi n'avons rien oublié.

Il vit le soupir gonflant leur maigres poitrines. Ils étaient rassurés. Sur le soir, Emily proposa de regarder la télévision et Isabella répondit :

— S'il vous plaît ma tante, nous préférons aller dormir

— Vous avez déjà sommeil ?

— Non, mais nous lisons toujours quelques versets de la Bible avant de nous coucher.

— Songeriez-vous à devenir bonne sœur ou prêtre ?

— Non, ma tante. Simplement, la Bible nous aide à vivre.

— A votre âge, d'ordinaire, on n'a pas besoin de ce secours pour aimer la vie.

La voix frêle et glacée remua Emily jusqu'au tréfonds d'elle-même :

— Mais nous n'aimons pas la vie, tante. Nous savons que le temps que nous passons sur terre est un temps d'épreuve. L'instant viendra où nous irons rejoindre ceux qui nous attendent et dont la méchanceté des gens de Beltonville nous a privés. Nous souhaitons que cet instant arrive vite.

Clem intervint :

— Arrigo... quelle est la vraie raison de votre séjour à Beltonville ?

— Tante Josefa pense que l'époque est venue.

— L'époque de quoi ?

— De la moisson... la grande moisson rouge... celle dont parle le prophète Jérémie, celle où seront moissonnés les méchants.

Lorsque les jumeaux se furent retirés, Clem et sa sœur restèrent un long moment silencieux avant qu'Emily ne demande :

— Crois-tu qu'ils sont normaux ?

— Non.

— C'est Josefa qui...

— Sans doute. D'abord, je pense que quelque chose est mort en eux quand ils ont vu massacrer les leurs. As-tu remarqué qu'ils paraissent complètement dépourvus de sensibilité ? Ensuite, l'éducation de cette demi-folle de Josefa a fait le reste... Nous n'aurions jamais dû la laisser les emmener.

— Tu sais bien que nous n'avions aucun droit légal de nous y opposer et puis peut-être que le maire et sa bande ne les auraient pas laissés vivre !

— Emily, es-tu sûre qu'ils sont vivants ?

*
* *

La présence des jumeaux fut vite connue, passionnément commentée et Beltonville sentit se rouvrir sa vieille blessure. Les premiers qui les aperçurent se signèrent furtivement sur leur passage. De ces deux minces silhouettes en deuil et qui, se tenant par la main, semblaient soudées, se dégageait une sorte d'angoisse latente. On ne pouvait dire qu'on était effrayé, mais on respirait mal, on se sentait fautif et on filait tête basse, ailleurs, là où ils n'étaient pas.

On ne se hasarda à parler à Isabella et à Arrigo que dans le quartier italien. Une femme qui les vit, arrêtés devant la maison dont le rez-de-chaussée était occupé jadis par le cordonnier, s'approcha d'eux et leur demanda :

— Vous êtes les jeunes Carignagno, n'est-ce pas, les jumeaux ?

— Oui, Madame.

— Vous êtes en face de la maison où vous êtes nés, vous le savez ?

— Oui, Madame.

— J'ai connu votre famille avant que... que...

— Avant qu'on ne la massacre.

— Oui... C'est horrible, mes pauvres enfants.

Ils répétèrent, comme un écho sinistre :

— Horrible !

— Est-ce que, des fois, vous viendrez habiter de nouveau Beltonville ?

— Oh ! non, Madame.

— Un simple petit voyage pour le souvenir, hé ?

— Et aussi parce que l'heure va sonner où l'Eternel mettra en marche sa grande faux et fauchera les méchants, ceux qui ont assassiné et ceux qui ont laissé assassiner leurs frères. Au revoir, Madame.

Ils tournèrent sur leurs talons et les doigts toujours

étroitement enlacés, ils s'éloignèrent laissant la commère complètement abrutie. Quand elle reprit son sang-froid, elle se précipita chez Giacomo qui tenait le bar du coin et qu'il avait modestement intitulé : « Le pays natal ». Le patron atteignait la soixantaine et détestait être bousculé. Il était occupé à une partie de zanzi avec quelques amis — dont Giulio Alcamo — lorsque Maria Donati, l'épouse du tripier, fit irruption dans le café. Elle montrait un tel visage que le patron en oublia de lancer ses dés et que les joueurs se retournèrent pour contempler la nouvelle venue.

— Qui t'arrive, Maria ?

— Vite ! Giacomo, de la grappa, sinon je me laisse mourir, hé !

— A ce point ?

— Pire !

Pendant que Maria avalait, coup sur coup, deux verres d'eau-de-vie, le patron s'enquit :

— Qu'est-ce qui t'a retourné les sangs comme ça, pauvrette ?

La femme prit une inspiration profonde et lâcha :

— Je viens de rencontrer les enfants de Gioacchino !

— Les jumeaux ?

— Tout juste ! Ah ! mon pauvre Giacomo...

Maintenant, tous les clients étaient suspendus aux lèvres de Maria.

— ... je me demande si c'est vraiment un garçon et une fille !

— Qu'est-ce que tu racontes ? Tu perds les pédales ou quoi ?

— Giacomo, ils ressemblent pas aux autres jeunes !

— Tu te fais des idées !

— Des idées ? Malheureux ! si tu les voyais... Des sortes de spectres, Giacomo ! Ils causent pas à la façon de tout le monde, et avec une voix glacée... Rien que de les écouter, tu te prends le rhume !

Ils se regardaient, n'arrivant pas à faire un départ exact entre la vérité vraie et la vérité inconsciemment inventée de Maria.

— Et qu'est-ce qu'ils t'ont dit ?

— Ils se tenaient, la main dans la main, pareils à des statues, devant la maison où vivait la famille Carignagno, leur famille, quoi... Je leur ai parlé parce qu'ils me faisaient un peu pitié... si pâles, si maigres et ils semblaient tellement perdus... Mais, ils m'ont simplement répondu des « Oui, Madame... ». Je vous répète qu'ils ressemblent à personne !

Giacomo commençait à s'énerver :

— Je te croyais plus pondérée, Maria... Ces gosses, ils devaient être paralysés par leurs tristes souvenirs... T'es-tu seulement renseignée sur ce qu'ils étaient venus faire ?

— Oui, Giacomo... et sais-tu ce qu'ils m'ont dit ? « On est venu parce que l'heure va sonner où l'Eternel mettra en marche sa grande faux et fauchera les méchants, ceux qui ont assassiné et ceux qui ont laissé assassiner leurs frères. » Toi, qui es raisonnable, Giacomo, qu'est-ce que tu penses de ça ?

*
* *

Don Salvatore, en bon gourmet, détestait qu'on vînt le déranger à l'heure des repas qu'Antonina ne laissait à personne le soin de préparer. Le couple n'avait jamais pu se faire à la cuisine américaine et, dans leur salle à manger, avec les « souvenirs » accrochés au mur, on se serait cru dans n'importe quelle ville d'Italie. Cette impression était encore renforcée par les odeurs culinaires, des odeurs agressives et ensoleillées. C'est pourquoi, bien qu'il l'aimât beaucoup, le « parrain » fit la moue lorsque sa femme qui était allée répondre au coup de sonnette, revint en compagnie d'Alcamo :

— Tu ne veux plus me laisser manger en paix, à présent, Giulio ?

Alcamo tournait son chapeau entre ses doigts.

— Quelque chose que je comprends pas, patron.

Don Salvatore ironisa :

— Tu sens le besoin de comprendre, maintenant ?

— Ça me chiffonne.

Tout en se servant du rizzoto qui fleurait bon le safran et les champignons, le « parrain » s'enquit :

— Qu'est-ce qui te tracasse, Giulio ?

— Les enfants de Carignagno sont revenus.

Don Salvatore qui râpait de la truffe blanche sur son riz, suspendit son geste :

— Quels enfants ?

— Les deux derniers, les jumeaux, ceux qui ont échappé au massacre... Ils ont grandi.

— Tu les as vus ?

— Pas moi, mais d'autres et... et ils ont peur.

Le mari d'Antonina repoussa son assiette :

— Peur ? Explique-toi !

Alcamo raconta de son mieux ce qu'il avait entendu de la bouche de Maria Donati et il parla de l'effet qu'avaient produit les paroles de la bavarde sur ceux qui l'écoutaient. Antonina respirait à petits coups. On eût dit que la peur dont parlait le visiteur la gagnait à son tour. Don Salvatore, exaspéré, cria :

— Tu as fini de raconter des stupidités, Giulio ? Cela ne te ressemble pas ! Tu me déçois...

— C'est ce qu'ils ont dit qui a fichu la trouille.

— Imbécile !

Antonina demanda dans un murmure :

— Qu'ont-ils dit ?

— Que l'heure allait sonner où l'Eternel manierait sa faux et faucherait ceux qui avaient tué les Carignagno et ceux qui les ont laissé tuer.

Antonina gémit :

— Seigneur Jésus ! J'ai toujours pensé que le moment arriverait où il faudrait payer.

Le « parrain » hurla :

— Tais-toi, idiote ! — et se tournant vers son lieutenant : Tu vois ? Tu es fier de toi ?

— J'ai cru de mon devoir de vous prévenir.

— Mais me prévenir de quoi, Santa Madona ! Tu ne te figures tout de même pas que je vais attacher de l'importance aux élucubrations de deux gosses ? Allez, va-t'en... tu m'énerves !

Alcamo se retira, honteux de s'être fait rabrouer en présence d'une femme, fût-elle celle du patron. Don Salvatore voulut poursuivre son repas, mais le cœur n'y était plus.

— Il vieillit beaucoup ces temps-ci, Giulio... Oser me déranger pour de pareilles sornettes !

— Tu es sûr que ce sont des sornettes, Salvatore ?

— Tu ne vas pas délirer, toi aussi ?

— Pourquoi te mets-tu en colère ?

— Fiche-moi la paix !

— Mais Antonina était en proie à cet esprit de rébellion qui ne l'avait guère agitée plus de deux ou trois fois depuis le jour de son mariage.

— Non, Salvatore, je ne te laisserai pas tranquille ! Tu t'emportes parce qu'aujourd'hui, ton péché d'autrefois que tu croyais avoir oublié, revient te secouer !

— Tais-toi !

— Dix ans de plus ! Salvatore ! Dix ans ! Et combien d'années te reste-t-il avant que tu ne sois appelé devant le Seigneur pour rendre compte de la manière dont tu t'es conduit envers ceux que tu as abandonnés !

— Vas-tu te taire, à la fin !

Antonina se tut et le Don ferma les yeux dans son fauteuil, essayant de ne plus penser, de s'enfoncer dans le silence retrouvé, mais il n'y parvint pas, la pièce étant pleine d'ombres sanglantes et sur chacune d'elles, il pouvait mettre un nom.

*
* *

Depuis la visite des jumeaux et les commentaires de Maria, le quartier italien était en ébullition. Le remords recommençait à assombrir l'existence des plus vieux, auxquels les jeunes reprochaient leur lâcheté ancienne. Dans le reste de la ville, on suivait la déambulation des deux adolescents à travers les rues et ce couple noir, sévère, silencieux, marchant d'un pas égal faisait taire les bavardes et passer un frisson dans le dos des plus arrogantes.

A la mairie, les policiers, Torphins et Kildrummy avaient commenté la situation et jugé qu'il ne fallait pas se raconter des histoires, se faire du cinéma. Deux gosses reviennent au pays de leur enfance pour voir à quoi il ressemblait, rien de plus naturel. D'ailleurs, à la moindre incartade de leur part, Tom Dingwall les remettrait dans le train de Marion.

*
* *

Katty Torphins, l'épouse de Bruce, le District Attorney, ne savait pas grand-chose de la tragédie qui, dix ans plus tôt, avait ensanglanté le quartier italien. Elle se souvenait vaguement avoir entendu son père en parler à sa mère, là-bas à Concord, en s'emportant contre les policiers de Beltonville incapables d'aboutir dans leurs enquêtes. Katty sortait du magasin Woolworth lorsqu'elle se heurta presque à Isabella et Arrigo. Comme les autres passants, elle s'arrêta un court instant pour les suivre des yeux, sans savoir pourquoi. Quand elle prit conscience de son geste, elle en eut honte, mais découvrit que dans la rue, tous avaient agi de la même façon. Katty rentra chez elle assez troublée.

Depuis qu'elle était mariée, Katty ne cessait d'admirer son mari et de se féliciter de sa chance lui ayant permis de prendre pour époux un garçon aussi beau, aussi doux, aussi gentil. Quand elle l'avait en face d'elle, à table par exemple, elle aimait tout en lui. C'est à peine si elle était déçue par un manque de caractère qu'elle ne pouvait que constater. Chaque soir, avant de s'endormir, elle suppliait le Seigneur de ne pas envoyer à Bruce une épreuve trop forte. Elle savait qu'il ne serait pas de taille, le cas échéant, à l'affronter.

Ils en étaient au dessert lorsque Katty apprit à son mari qu'en sortant de Woolworth, elle avait vu les jumeaux vêtus de noir dont Beltonville s'entretenait.

— Ces adolescents ont une allure étrange...

— Ah ! oui, les petits Carignagno... On m'en a parlé.

— Ce sont les descendants de cette famille qui...

— Oui, les deux derniers... Heureusement pour eux, ils ne se trouvaient pas avec leurs parents lorsque ceux-ci ont été massacrés.

— A-t-on jamais su qui étaient les meurtriers ?

— Non... Il s'agissait sans doute d'une sorte de crime rituel entre des clans qui se haïssaient.

— Avez-vous connu ces gens-là ?

— Vaguement... Je crois avoir flirté un peu avec la malheureuse qu'on a assassinée... Il me semble me rappeler qu'elle se prénommait Gelsomina...

— Elle était jolie ?

— Je n'avais pas vingt-ans. A cet âge-là, toutes les filles paraissent jolies.

*

* *

Dans le bar du « Grizzly » comme partout dans Beltonville, on s'entretenait des jumeaux dont la présence insolite suscitait toutes les curiosités. En dépit de leurs mariages, Gifford et Yarrow avaient gardé l'habitude de rejoindre Saguache et Oban vers dix-sept heures. En s'asseyant à la table de ses amis ce soir-là, Yarrow dit :

— Alors, qu'est-ce que vous en pensez ?

Rogue, Saguache (qui savait très bien ce à quoi son camarade faisait allusion) répondit :

— De quoi ?

— Des deux gosses qui se baladent ?

— Qu'est-ce que je peux penser de deux gosses qui se baladent ?

— Vous n'ignorez pas qui ils sont.

— Et alors ?

— Je vous en parle parce que tout le monde en parle.

— Nous n'avons pas besoin d'imiter les autres.

— C'est juste. Une partie ?

— D'accord.

Jamais ils ne jouèrent aussi mal. Sans vouloir le montrer à leurs partenaires, ils étaient préoccupés. Le passé se réimposait à eux, un passé dont, malgré leur absence de conscience, ils n'étaient pas très fiers. Pour une fois, en abattant ou en ramassant leurs cartes, ils ne se querellaient pas, ne pensaient plus à jurer ou à maudire le sort. Ce malaise régnant à la table des tueurs, le patron et les clients semblaient le percevoir. Les propos s'échangeaient à voix basse et Jim, le tenancier du « Grizzly », jetait des coups d'œil inquiets du côté de Saguache et de ses amis. Mais son inquiétude tourna à l'angoisse, lorsque poussant la porte de son établissement, les jumeaux entrèrent.

Jim en resta bouche bée et oublia de fermer le robinet de la bière. Il ne retrouva ses esprits qu'au moment où le liquide commença à couler sur le plancher en une cascade mousseuse. Les conversations s'étaient interrompues et Oban qui s'apprêtait à jeter une carte sur le tapis, demeura la main levée, les yeux fixés sur le jeune couple. Intrigués, ses camarades regardèrent ce qui le mettait dans cet état. Yarrow se mit à déglutir difficilement. Gifford haussa les épaules et dit :

— On leur tordrait le nez qu'il en sortirait encore du lait.

Plus soucieux, Saguache s'enquit :

— Qu'est-ce qu'ils viennent faire ici ?

Comme pour lui apporter la réponse qu'il réclamait, Isabella et son frère s'approchèrent du bar et Arrigo demanda :

— Deux sodas, s'il vous plaît.

— Mais oui, bien sûr, avec plaisir.

Les jumeaux ne semblaient pas se préoccuper de la curiosité dont ils étaient l'objet. Ils buvaient à petites gorgées sans se lâcher la main. C'était cela qui gênait ce frère et cette sœur qui paraissaient irréductiblement soudés l'un à l'autre et aussi leur impassibilité, leur manière de se situer en marge de la vie quotidienne et encore leurs visages blafards et tristes. Jim qui les observait, se disait qu'en somme, c'était des adolescents ressemblant à tous les adolescents et, parce qu'il était bon type, il voulut échanger quelques mots avec ces deux isolés.

— Vous aviez soif, hein ?

— Nous avons beaucoup marché dans la ville.

— Pour le plaisir ?

— Pas tout à fait, Monsieur. Nous voulons parfaitement connaître Beltonville où nos parents ont longtemps vécu, où nous sommes nés et où nous aurions dû vivre nous aussi, si notre famille n'avait été assassinée tout entière.

Le silence était si épais qu'on avait le sentiment de quelque chose de palpable, de dur. A la table des tueurs, on écoutait, crispé. Jim se dit qu'il aurait mieux fait de se taire. Il ne pouvait renvoyer les gosses ainsi, sans ajouter un mot et il essaya de changer de conversation.

— Je ne sais pas où vous habitez, mais ça ne doit pas

être un bon climat, car vous avez une pauvre mine tous les deux.

— Oh ! vous savez, nous avons toujours été ainsi.

La voix d'Isabella avait des résonnances de procelaine fêlée.

— Plutôt à partir du jour où nous avons assisté au massacre de notre famille.

Saguache jura entre ses dents serrées et Oban cassa la carte qu'il tenait. Jim essaya de rassurer le métis et ses amis en spécifiant :

— Vous n'étiez pourtant pas présents ?

— Si, mais les meurtriers ne nous ont pas aperçus. Nous nous étions cachés.

Gifford avala son verre d'alcool d'un trait. Arrigo précisa :

— Notre frère Anselmo est tombé pas loin de nous et on a vu couler son sang sur le plancher. Notre sœur Gelsomina ouvrait de grands yeux. Maintenant, nous avons compris qu'elle ne croyait sans doute pas à ce qu'il lui arrivait. Je pense qu'elle était déjà morte alors qu'elle cherchait à se protéger le ventre et le bébé qu'elle portait.

Sur un ton hystérique, Oban hurla :

— Vous allez la fermer, oui ? Vos histoires n'intéressent personne !

Saguache dit :

— Imbécile !

Arrigo se tourna vers Oban :

— Excusez-nous, Monsieur, mais nous n'avons que répondu aux questions qu'on nous a posées...

S'adressant à Jim, il demanda combien il devait. Craignant un esclandre, le patron répliqua qu'il ne devait rien et que lui, Jim, se faisait une joie d'offrir ces sodas à deux gentils adolescents qui avaient eu de si grands malheurs. Il termina son numéro en posant la question traditionnelle :

— Vous êtes encore pour longtemps, chez nous ?

— Nous attendons la grande moisson.

— Quelle moisson ?

— Celle que moissonne l'Eternel. La moisson rouge qui verra les assassins et leurs complices tomber pareils à des gerbes dont nul ne se souciera.

Le bruit du verre qu'Oban avait laissé échapper et qui se brisait sur le plancher prit une importance démesurée, tandis que les jumeaux quittaient le « Grizzly » dans un silence total. Après un instant où personne n'osait parler, quelqu'un s'enquit :

— Qu'est-ce qu'ils ont voulu dire avec leur moisson rouge ?

Un autre répondit :

— Allez savoir... Pour moi, des ceux gosses, ils ressemblent à la mort.

Saguache, hargneux, tapa du poing sur la table.

— Jim ! on s'en va ! J'ai assez entendu de conneries dans ta boîte pour ce soir !

Nul ne protesta tant on devinait le métis disposé à en venir aux mains avec n'importe qui. Il sortit avec ses trois acolytes et quand ils eurent refermé la porte sur eux, une voix anonyme commenta ironiquement :

— Saguache aurait-il des remords ?

A quoi, on répliqua en écho :

— A moins qu'il n'ait peur ?

Cette nuit-là, dans Beltonville, la nouvelle se répandit : Saguache, le métis, avait peur de ces deux enfants, derniers représentants de la famille Carignagno et, puisque le métis avait peur, tout le monde avait le droit d'être effrayé. Beltonville se referma un peu plus sur elle-même, essayant de comprendre ce qu'il pourrait arriver et ce que pouvait être la grande moisson rouge que les deux jumeaux prophétisaient.

*
* *

Tom Dingwall, le chef de la police, se promenait de long en large, mâchonnant le cigare qu'il n'avait pas allumé. Bob Holm, son lieutenant, à moitié assis sur le bureau, fixait ses ongles et, dans le fauteuil où il avait pris place, Saguache attendait que Tom daignât sortir de son mutisme. Ayant passé deux ou trois fois la main sur ses tempes blanches, le chef de la police se campa devant le métis :

— Alors, vous en êtes-là, Randolph ?

— Là, où, Chef ?

— Vous ! Avoir peur de deux gosses !

— Je n'aime pas qu'on dise que je peux avoir peur, Chef.

— Pourtant, c'est ce que toute la ville répète !

— On ne saurait empêcher les imbéciles de parler.

— Peut-être ! Seulement, le jour où vous n'effrayerez plus, vous serez mûr pour la retraite.

Saguache, un sourire mauvais aux lèvres, murmura doucereusement :

— Je ne pense pas que des hommes comme moi prennent jamais leur retraite.

Le fixant dans les yeux, Tom l'approuva :

— Je ne le pense pas non plus.

Bol Holm, qui les écoutait, jugea que Dingwall venait de signifier au métis que lorsque sonnerait l'heure où il deviendrait inutile et donc encombrant, il mourrait et Saguache l'avait parfaitement compris. Il guetta la réaction de ce dernier.

— Il est des gens dont il est difficile de se séparer, Chef, des gens qui en savent trop.

Tom ricana :

— Le croyez-vous vraiment, Randolph ? Les morgues des Etats-Unis sont pleines d'hommes et de femmes qui estimaient en savoir trop ! Mais la question n'était pas là, du moins pour le moment. En ce qui concerne les gosses, je n'ai aucun motif légal de les obliger à rentrer chez eux.

— Parce que vous avez besoin de motifs légaux, à présent, chef ?

— Oui, Saguache, aussi surprenant que cela puisse vous paraître... Aujourd'hui n'est pas hier. Nous n'avons plus notre autorité d'autrefois. A dire vrai, on nous supporte de moins en moins et le « Record » est à l'affût de la moindre gaffe de notre part, prêt à mener un tapage de tous les diables !

Le métis haussa les épaules :

— Bah ! le « Record » c'est essentiellement cet ivrogne de Bert Gravesend. Si vous le souhaitez, nous pourrions le faire taire.

— Non ! Je vous répète que vos méthodes sont démodées, sauf de façon exceptionnelle... Il est indéniable que les jumeaux Carignagno soulèvent, par leur seule présence, une certaine émotion en ville. Ce n'est pas là une raison suffisante pour une expulsion... En ce moment, la curiosité bat son plein, mais elle se calmera, à moins qu'on ne lui fournisse de quoi l'alimenter.

Saguache regarda longuement Dingwall avant de demander :

— C'est-à-dire ?

— Que votre ami Oban, par exemple, perde quelque peu les pédales. Je suis au courant de sa réaction stupide au « Grizzly ».

— Jim, hein ?

— Ça ne vous regarde pas. En tout cas, vous feriez bien d'obliger Oban à se surveiller s'il ne tient pas à courir de gros, de très gros dangers.

Le métis se leva d'un bond.

— Ray est mon ami et je ne permettrai à personne...

— Taisez-vous !

Subjugué par la violence du ton de son interlocuteur, Saguache se tut.

— Second avertissement, camarade : rappelez-vous que tant que je serai au poste que j'occupe, ce sont mes ordres qu'on exécutera et non les vôtres ! Sur ce, foutez-moi le camp !

II

Parmi ceux qui supportaient le plus difficilement la dictature de don Salvatore, Pietro Fiesole — un peintre en bâtiment — se faisait remarquer. Grand, mince, brun, il était le chef de file de la jeune génération et chez Giacomo, on l'écoutait. Alcamo, le redoutait, sentant que ce garçon, à moins qu'il ne lui arrivât un « accident », marquait la fin de sa propre autorité sur le quartier qu'il régissait au nom du « parrain ».

— Je dis et je répète que ceux qui, il y a dix ans, ont laissé, sans les venger, assassiner les Carignano, ont failli à leur tâche ! Ils nous ont déshonorés aux yeux des Yankees en nous faisant passer pour des lâches ! Ces deux gosses qui se baladent dans Beltonville, c'est notre honte qui se promène. Il paraît qu'au « Grizzly », ils ont foutu la trouille au métis et à ses tueurs ! Moi, je vous dis une chose, camarades, nous ne recommencerons pas l'erreur de nos aînés. Si quelqu'un touche à un cheveu des Carignagno, nous on fout le feu à la mairie de Beltonville et on y fait griller Torphins et sa bande !

Giacomo qui craignait les histoires, conseilla :

— Tu devrais surveiller tes paroles, Pietro,

— Parce que t'as les jetons, toi aussi ? Toi aussi t'es prêt à nous laisser assassiner, pourvu que ça ne trouble pas ton commerce ?

— Tu n'as pas honte de parler de cette façon à un homme qui pourrait être ton père ?

— Si tu étais mon père, Giacomo, je me serais pendu depuis longtemps !

Il arrivait qu'Alcamo voulût freiner le zèle insolent de Fiesole :

— Tu parles, tu parles, mais sans savoir, Pietro. Il y a dix ans, tu n'étais pas en âge de comprendre... Les circonstances ont obligé don Salvatore à se taire. Faut se renseigner avant de causer.

Mais le chef de la nouvelle génération ne cédait pas pour autant.

— Ecoute, Giulio... On t'aime bien parce qu'on sait que tu n'as fait qu'obéir... Seulement, il faut te mettre dans le crâne que t'es démodé, mon vieux... C'est fini pour toi, comme ça va être bientôt fini pour le pépé qui se prend encore pour quelqu'un !

S'il l'avait vraiment voulu, Alcamo — que ce fût à mains nues ou le pistolet au poing — aurait eu sa chance contre Fiesole, mais tant d'années paisibles, tant d'années d'existence facile, pesaient sur ses épaules, qu'il s'avouait vaincu avant même que de combattre. Il s'en tira de façon piteuse en grognant :

— Tu dis n'importe quoi, Pietro... n'importe quoi !

Conclusion qui ne rehaussait guère son prestige auprès des jeunes et pas davantage celui de don Salvatore.

Tenu au courant, le « parrain » ne réagissait pas mieux que son lieutenant. Lui aussi était devenu un bourgeois grassouillet, vieillissant dans un confort qui le comblait. Attentif à ses aises, se laissant peu à peu dominer par Antonina et sa bigoterie naïve, il était incapable de courir la moindre aventure, de risquer un coup dur et s'efforçait, tout au plus, de maintenir une façade que le temps lézardait impitoyablement. Il apaisait sa rancune contre Fiesole et ses copains, en rêvant de machinations compliquées faisant perdre la face à celui qu'il considérait comme l'ennemi de sa quiétude. Sans doute l'histoire de ces petits Carignagno le chagrinait-elle un peu. Il aurait voulu faire quelque chose pour eux, afin d'émousser cette pointe de remords l'empêchant parfois, la nuit, de reposer en paix, mais quoi ? Pour en finir, il se persuadait qu'Alcamo exagérait et se laissait emporter par son imagination que l'existence américaine n'avait pas tarie.

Quoiqu'elle ne fût pas douée d'une grande subtilité, Antonina se rendait compte de l'usure morale de son mari. Elle s'en inquiétait sans oser s'ouvrir de ses soucis à quiconque. Elle savait que, bien qu'il n'en parlât jamais, Salvatore pensait aux jumeaux. Elle avait peur de ces deux enfants silencieux et tristes.

*
* *

Beltonville s'était réveillé dans tout l'éclat d'un soleil de juin. Après un breakfast sommaire, une lecture de la Bible, Arrigo et Isabella étaient partis se promener. Ils semblaient n'être venus que pour déambuler sans fin à travers les rues de la ville. On eût dit qu'ils accomplissaient une tâche précise et fixée une fois pour toutes. Pour Clem, ils obéissaient aux instructions de leur tante qui, même de loin, paraissait leur dicter la conduite à tenir. Belford soupçonnait que ces promenades interminables avaient pour but d'empêcher Beltonville d'oublier. On parlait politique, vie chère, vacances, on échangeait des propos insignifiants sur le temps et, inopinément, survenait le couple vêtu de noir, indifférent à tout et à tous. Alors, on oubliait ses préoccupations du moment pour repartir dans le passé, dans ce passé qui faisait horreur.

Les jumeaux ne s'étaient pas encore rendus auprès de leurs morts. Ce matin-là, il décidèrent d'y aller. Le cimetière de Beltonville se distinguait mal de la campagne environnante où on l'avait implanté. Aucune barrière ne le séparait des champs et ses tombes dressaient leurs stèles blanches dans l'herbe, sans le moindre apparat. Les adolescents, la main dans la main, suivaient des sentiers à peine tracés. Quelqu'un qui les eût observés, se serait rendu compte qu'ils paraissaient plus détendus, plus à l'aise parmi les morts que dans les rues de Beltonville, ou même qu'auprès des Belford. On eût dit que l'atmosphère de ce lieu, voué au souvenir et au regret, leur convenait à merveille. Ils se sentaient chez eux dans le silence que trouait seul le chant d'oiseaux. Parmi le troupeau immobile des croix, Arrigo et Isabella ressemblaient à de jeunes bergers dénombrant leurs moutons avant de les ramener à la ferme. Ils n'eurent aucune difficulté — bien qu'ils ne l'aient jamais vu — à trouver l'endroit où reposaient leurs parents. Ils s'immobilisèrent et Arrigo lut à haute voix la liste des prénoms et des noms puis ils plongèrent tous deux dans une prière fervente dont ils émergèrent transfigurés. Ils venaient, après dix ans de séparation, de retrouver les leurs. Alors, Isabella se mit à expliquer à ses morts ce qu'était son existence et celle de son frère, à Marion. Elle contait des anecdotes, elle justifiait des décisions, commentait des démarches, en disant : « Vous auriez ri si... » ou « Si tu avais vu... ». Elle s'entretenait avec des morts et donnait l'impression d'entendre leurs réponses.

En tout cas, c'est cette impression que ressentait don Salvatore qui, à quelques pas derrière le jeune couple, écoutait cet étonnant entretien qui lui serrait la gorge. Au fur et à mesure qu'il vieillissait, le « parrain » aimait à se rendre au cimetière et à rêver, morose, au jour où on l'y transporterait. Le hasard avait voulu qu'il y vînt au moment où les petits Carignagno s'y rendaient.

Soudain, devinant une présence derrière eux, Arrigo serra un peu plus fort la main de sa sœur. Ils n'avaient nul besoin des mots pour se comprendre. Ensemble, ils se retournèrent pour se trouver en face d'un homme aux cheveux gris presque tondus, à la tête ronde, aux yeux bleus et qui leur souriait.

— J'aimais vos parents... Gioacchino, votre père, était un ami pour moi.

— Et vous n'avez pas pu le défendre ?

— J'ai été prévenu trop tard.

— Pourquoi ne l'avez-vous pas vengé ?

— Cela ne l'eût pas ramené à la vie et aurait fait inutilement couler du sang.

Farouche, Isabella affirma :

— Le sang des méchants ne coule jamais inutilement !

— Vous êtes jeunes et...

Arrigo coupa la parole à don Salvatore.

— Non, Monsieur, nous ne sommes pas jeunes.

Le « parrain » ne protesta pas tant il paraissait monstrueusement évident, qu'en dépit de leur âge encore tendre, ces deux-là étaient déjà vieux. Il regrettait d'avoir entamé cette conversation. Il craignait qu'elle ne l'entraînât à l'opposé de ce qu'il espérait : se concilier la sympathie des adolescents. Gauchement, troublé par ces regards sévères, ces yeux froids qui ne cillaient pas, il dit :

— On m'appelle don Salvatore...

— Vous êtes celui qu'on nomme le « parrain » ?

— En effet.

— Alors, vous n'êtes pas notre ami, comme vous tentez de nous le faire croire.

— Je vous assure...

— Non. Vous avez trahi la mémoire de notre père. C'est pourquoi nous ne vous aiderons pas.

— M'aider ? à quoi ?

— A échapper à la faux du Seigneur.

Sur ce, les gamins lui tournèrent le dos et, se tenant toujours par la main, repartirent vers la ville. Pour la première fois de sa vie, don Salvatore se sentait très seul et très malheureux, puis brusquement, il eut peur au milieu de toutes les tombes. Son cœur battait à grands coups. Dans la panique intérieure qui le bouleversait, il croyait entendre les morts l'appeler et lui annoncer qu'il viendrait bientôt les rejoindre.

*
* *

Pour Arrigo et Isabella, les choses se gâtèrent le lendemain de leur visite au cimetière. Au cours d'une de leurs promenades, ils arrivaient sur une placette consacrée à la mémoire d'un philanthrope du New Hampshire dont nul — à part quelques rats de bibliothèque — ne savait quoi que ce soit, lorsqu'ils furent entourés par une bande de garçons de leur âge qui se mirent à les moquer d'abord, puis à les insulter. Arrigo pâlit un peu plus et serra plus fort la main de sa sœur. Très vite, ils durent s'arrêter, les autres les empêchant d'avancer. Alors ils firent face à la meute. L'un de leurs tortionnaires arracha le chapeau d'Arrigo et le jeta au sol.

— Rammasse-le, cafard !

Arrigo ne bougea pas, se contentant de fixer son adversaire dans les yeux.

— Qu'est-ce que t'as à me regarder de cette façon, tête de clown ? Ramasse ton chapeau ou je te fous une beigne ?

Il s'approcha la main levée, prêt à frapper, soutenu par les encouragements de ses copains. Mais au moment où il s'apprêtait à cogner, une bande aiguë apparut dans le poing fermé d'Arrigo. Le fier-à-bras en eut le souffle coupé.

— T'oserais, salaud... ?

A cet instant, un flic se montra.

— Qu'est-ce qu'il y a les gosses ?

— C'est cet enfoiré qu'a voulu me piquer !

— C'est vrai ?

— Je me défendais.
— Vous vous baladez avec une arme ?
— Oui.
— Pourquoi ?
— Parce que dans une ville où on assassine les gens, il faut prendre ses précautions.
Le flic renifla.
— Monsieur estime peut-être que la police de Beltonville ne fait pas son boulot ?
— Et vous, Grüber, qu'est-ce que vous en pensez ?
Le policier se retourna vers le type qui l'avait interpellé. Un bonhomme efflanqué, d'une cinquantaine d'années, à la chevelure grise, hirsute, aux yeux rougis par le manque de sommeil et sans doute aussi par l'alcool.
— Mêlez-vous de vos oignons, Gravesend !
— Tout ce qu'il se passe dans ma ville fait partie de mes oignons, Grüber.
— Allez vous faire voir !
Sur ce conseil peu aimable, le policier revint à Arrigo.
— Et vous, comment vous appelez-vous ?
— Arrigo...
— Un Rital ! Ça ne m'étonne pas ! Arrigo... quoi ?
— Carignagno.
Le représentant de l'ordre qui avait sorti de sa poche un carnet et un crayon, marqua une hésitation.
— Vous êtes parent de...
— Ma sœur et moi sommes les derniers représentants de la famille Carignagno qu'on a pu massacrer à Beltonville sans que personne ne s'en soucie.
— C'est vous qui le dites...
Le journaliste intervint de nouveau.
— Non pas, Grüber, c'est toute la ville qui le dit.
— Vous, un de ces jours, il va vous arriver des ennuis !
— Comme aux Carignagno ?

— N... de D... ! Vous tenez à ce que je vous embarque pour insulte à agent ?

— Ne me faites pas rire, mon vieux ! Retournez donc à votre boulot après avoir botté les fesses de quelques-uns de ces voyous et laissez-moi m'occuper de ces deux-là.

— Maintenant, vous me donnez des leçons ?

— Vous en auriez bien besoin, mon pauvre Grüber.

— Ouais ? En attendant, j'emmène les Ritals !

— Je constate qu'on ne change décidément pas dans la police de Beltonville, on continue à protéger la crapule et à embêter les honnêtes gens.

— Bon, puisque vous le prenez sur ce ton, venez donc bavarder avec le chef Dingwall.

*
* *

Tom Dingwall détestait être mis en présence de problèmes qu'il n'avait pas eu le temps d'étudier. Lorsque les Carignagno, poussés par le lieutenant et Gravesend, suivi de Grüber, entrèrent dans son bureau, il marqua de la surprise et de l'humeur. Tout de suite, il s'emporta :

— Qu'est-ce que ça signifie ? Gravesend, que venez-vous faire ici ? Et ceux-là, qui sont-ils ?

Holm répondit bièvement :

— Les Carignagno.

— Ah...

D'un coup, la colère de Tom se calma. Il regardait avec une curiosité passionnée les deux adolescents.

— Les voilà donc... Pourquoi sont-ils là ?

Grüber fit un rapport tendancieux de l'événement ayant amené son intervention. Gravesend, le journaliste, déclara à haute voix :

— C'est faux !

Dingwall se tourna vers le représentant du « Record ».

— Vous savez ce que je pense de vous, Gravesend ?
— Exactement ce que je pense de vous, Chef.
— Foutez l' camp !
Le journaliste s'approcha de Tom.
— Je m'en vais, mais avant de partir, je tiens à dire que Grüber ment. Ces jeunes gens ont été attaqués par une bande de voyous, tandis qu'ils se promenaient tranquillement. Je le sais, je les suivais.
— Tiens donc !
— Ils m'intéressent, figurez-vous... et ils intéressent Beltonville... mais je comprends qu'ils vous embêtent.
— Moi ?
— Dame ! Ils vous rappellent leurs parents, qu'on a assassinés dans l'indifférence totale de la police, dirigé alors par le chef Dingwall et le lieutenant Holm... avec la bénédiction de Red Torphins et de Glenn Kildrummy.
S'imposant un effort terrible pour ne pas sauter sur Gravesend, le chef de la police déclara d'une voix que la colère faisait trembler :
— Vous allez trop loin, Gravesend... bien trop loin... Vous devriez prendre garde à vous...
— Sinon, vous m'enverrez votre métis et ses copains ?
Holm se jeta juste à temps entre son supérieur et le journaliste, à qui il murmura très vite :
— Filez, Bon Dieu !
Gravesend parti, Dingwall congédia Grüber et mit un moment à retrouver son calme, puis il s'occupa de ses jeunes visiteurs :
— Vous n'ignorez pas qu'il est interdit d'avoir des armes dangereuses du genre de ce poignard... Heureusement que vous n'avez frappé personne sinon je vous collais en prison et vous risquiez la maison de redressement... Seulement, vous m'embêtez, comme vous embêtez tout le monde... Je serais en droit de vous expulser, mais cet ivrogne de Gravesend écrirait Dieu sait quoi ! Alors, tenez-vous tranquilles et ne suscitez pas le moin-

dre trouble, autrement je vous fiche dans le train d'où vous ne descendrez pas avant Marion. Compris ?

Arrigo et Isabella inclinèrent la tête sans répondre.

III

Au lendemain de cette comparution des petits Carignagno devant Tom Dingwall, l'article que fit paraître le « Record » enfièvra Beltonville. Dans chaque rue, dans chaque boutique, dans chaque famille, dans chaque bureau, la prose de Gravesend donnait lieu à d'intarissables commentaires. On était violemment pour, on était violemment contre. Ceux-là félicitaient le journaliste d'oser rappeler le crime d'autrefois et la scandaleuse apathie des pouvoirs publics, ceux-ci jugeaient qu'il ne faut jamais déterrer le passé.

Don Salvatore était encore couché. Il venait d'absorber son petit déjeuner et se reposait pour faciliter une digestion sans histoire. A son chevet, Antonina, enveloppée dans une robe de chambre vieux rose, ornée de dentelles anciennes et jaunies par le temps, lisait le « Record ». Pour elle, c'était le meilleur moment de la journée. Dans la chambre conjugale, son mari à ses côtés, elle pouvait imaginer être dans sa chère Italie qu'elle regrettait tous les jours un peu plus. Soudain, elle dit :

— Tiens ! on parle des Carignagno sur le journal !

Le « parrain » qui sommeillait, ouvrit les yeux et se redressa sur sa couche. Déjà, il savait qu'il digérait mal.

— Des Carignagno ?

— Oui... Veux-tu que je te lise ?

— Si cela te fait plaisir...

Antonina n'avait jamais perdu l'accent du pays natal

et donnait, de ce fait, à son anglais un rythme guilleret amenant toujours un sourire sur les lèvres de ceux qui l'écoutaient. Ce matin-là, don Salvatore n'avait pas envie de rire.

« Depuis quelques jours, Beltonville vit dans une étrange atmosphère. La cause ? Deux très jeunes gens, le frère et la sœur qui, en deuil, se promènent à travers notre cité, la main dans la main. Je les ai approchés et ils m'ont causé une impression étrange, indéfinissable. Si je ne craignais pas le ridicule, je dirais que j'ai eu de la peine à les croire vivants. Oui, vous avez bien lu... et cela parce qu'ils m'ont semblé arriver tout droit d'un autre monde et il ne faudrait pas que je me force beaucoup pour me persuader que ce monde est celui où errent les Carignagno, pays où règne une ombre légère, pays où — prétendent les catholiques — demeurent ceux qui sont morts sans confession. Or, il y a dix ans, les meurtriers des Carignagno ne leur ont pas permis de se laver de leurs péchés. Eh ! oui, chers lecteurs, vous avez deviné que les adolescents que vous rencontrez sont les derniers enfants du brave cordonnier Gioacchino Carignagno, miraculeusement échappés au massacre de leur famille.

Pourquoi Beltonville se sent-elle mal à l'aise parce que deux enfants se baladent dans les rues ? Pourquoi le chef de la police et son honorable lieutenant digèrent-ils mal ces jours-ci ? Pourquoi, à la mairie, les visages sont-ils moroses ? Pourquoi, certains habitués du « Grizzly » ont-ils des difficultés à trouver le sommeil ? Pourquoi le signor Busselo — don Salvatore, pour les amis — a-t-il perdu sa bonhomie habituelle ? Je vais vous le dire, à vous mes jeunes concitoyens, car vos aînés, eux, sont au courant. Ces deux fantômes noirs qui se promènent sur nos boulevards et nos places, passent et repassent devant nos yeux comme un remords. Ils nous rappellent que nous avons été assez lâches, il y a dix ans, pour ne pas trop chercher à savoir qui avait ordonné le massacre de la famille Carignagno et pour quelles raisons. Ecoutez, bonnes gens ! Tout va peut-être changer, car les deux jumeaux de la mort sont arrivés à Beltonville et vous doutez-vous de ce qui a motivé leur venue ? Vous allez rire ! Ils affirment que le temps des assassins est révolu, que le temps de la Justice se présente à nous et que l'Eternel s'apprête à frapper les criminels d'hier et leurs complices. Enfantin, n'est-ce pas ? Et pourtant, si c'était vrai ? Nous sommes nombreux à l'espérer... »

*
* *

Katty, qui versait du café à son mari, demanda :

— Bruce, j'ai jeté un coup d'œil sur le « Record »...

— Oui, ma chérie, et alors ?

— Pourquoi ce Gravesend écrit-il que la présence des jumeaux rend ton père et son adjoint, moroses ?

Le District Attorney haussa les épaules.

— Je connais Bert depuis toujours... C'est un alcoolique... Quand il a dépassé la mesure, il raconte n'importe quoi... et puis, entre mon père et lui, il y a une vieille animosité dont j'ignore les causes.

Bruce était, sans doute, moins convaincu qu'il ne le confiait à sa femme, car sitôt arrivé à son bureau, il appela son père pour réclamer des explications et s'étonna que le maire ne poursuive pas Gravesend en justice.

— Vous savez dans quel état ce malheureux est presque continuellement, Bruce ? Ainsi que tous les ivrognes, il est sympathique au public... Le poursuivre risquerait d'en faire un martyr... On oublierait les causes pour ne déplorer que les effets... Croyez-moi, il est préférable de traiter ça par le mépris.

Ayant raccroché, Red Torphins dit à son adjoint :

— C'est Bruce... Il fallait s'y attendre... Les gosses deviennent gênants, Glenn... très gênants...

A cet instant, la porte s'ouvrit brutalement devant Tom Dingwall que Bob Hom suivait comme son ombre. Avant que le maire n'ait ouvert la bouche, le chef de la police brandissant un journal chiffonné, gueulait :

— Vous avez vu, Red, ce que ce salaud de Gravesend a écrit dans son torchon ? N... de D... ! de N... de D... ! Je vais l'envoyer chercher et quand il sera dans mon bureau, je lui apprendrai mon nom et la façon de s'en servir !

— C'est exactement ce qu'il cherche, Tom... Gravesend le Pur ! L'honnête citoyen Gravesend brutalisé par le pouvoir parce qu'il a voulu défendre les orphelins... N'entrons pas dans son jeu, Tom... Nous avons tout à y perdre et pas grand-chose à y gagner...

— Alors, on encaisse sans réagir ?

— On encaisse.. en attendant le jour où nous pourrons discrètement rendre la monnaie... Pour moi, Tom, le vrai danger ce n'est pas cet ivrogne, mais bien la présence des Carignagno.

*

* *

Au milieu d'un cercle de fidèles, Pietro Fiesole discourait :

— Vous avez lu le journal ? Per Bacco ! Il faut que ce soit un Yankee qui nous donne une leçon ! Voilà où on en est ! Et cela parce que notre communauté est sous l'autorité d'un vieillard qui n'a plus rien dans le ventre ! Don Salvatore a laissé tuer ses compatriotes, mais je vous jure que je ne laisserai pas toucher à un cheveu des petits Carignagno et si Torphins et sa bande veulent la bagarre, ils la trouveront ! Nous devons nous réveiller, les gars !

Fiesole fut acclamé et un sang nouveau se mit à courir dans le vieux quartier italien. Très vite au courant, Alcamo se précipita chez le « parrain », mais Antonina refusa de lui laisser voir son mari qu'elle prétendit légèrement souffrant. Le « capo » ne fut pas dupe. Le journaliste avait raison : don Salvatore n'était plus le même et, retournant vers sa demeure, pour la première fois, Giulio admit que des temps nouveaux étaient peut-être arrivés, des temps où ni don Salvatore ni lui n'auraient leur place.

*
* *

Le malheur voulut que Ray Oban fût seul au « Grizzly » en train de prendre son breakfast, lorsqu'il lut le « Record ». Oban était un homme dont l'oisiveté, les femmes et l'alcool avaient complètement détraqué le système nerveux. Ayant dévoré l'article de Gravesend, il piqua une véritable crise de folie. Abandonnant son petit déjeuner et le « Grizzly », il fonça vers le « Record » en criant, injuriant, menaçant Bert, à la surprise des gens qui croisaient le forcené. Au journal, il bouscula les employés, ouvrit la porte du bureau de Gravesend d'un coup de pied et sortant son pistolet, hurla :

— On va voir si tu continues à faire le mariole, espèce de dégonflé !

Gravesend ne se troubla pas.

— Tiens, mais c'est l'ami Oban ? Votre patron, le métis, vous a permis de sortir seul ? Vous êtes en congé d'assassinat, peut-être ?

On se jeta sur Ray au moment où il appuyait sur la gâchette de son arme et la balle alla se loger dans le mur derrière le fauteuil du journaliste, très au-dessus du crâne de celui-ci.

*
* *

Gravesend avait répondu au District Attorney qui, mis

au courant du grave incident du « Record », s'étonnait que le journaliste ne portât pas plainte :

— Je préfère savoir Oban en liberté qu'en prison...

— Pourquoi ?

— Parce qu'il me sera utile.

— Ecoutez, Gravesend... J'ignore quel est votre jeu, mais il ne me plaît guère, tenez-le vous pour dit !

Si Bruce Torphins était intrigué et ne pouvait se défendre d'une certaine inquiétude, due à ce qu'il ne comprenait pas ce qui se mijotait, à la mairie c'était presque la panique. En l'absence du maire, Kildrummy prenait la direction des débats :

— Maintenant, tout Beltonville est convaincu que ce qu'a écrit Gravesend n'a rien d'une élucubration d'ivrogne... Ray devient un danger mortel pour nous tous...

Crispant ses énormes mains, Dingwall soupira :

— Si je le tenais !

— Pas question, Tom...

Glenn Kildrummy dit :

— Je me demande pour quelles raisons Bert a refusé de porter plainte ? Il était sûr de gagner.

Bol Hom expliqua :

— Quand il n'est pas bourré, Gravesend a un cerveau et il sait s'en servir. Il connaît Oban. Il devine qu'il est sur le point de craquer et de cracher le morceau.

Dingwall précisa ce que les autres pensaient :

— Inutile de tergiverser plus longtemps. Il faut éliminer Oban !

Glenn demanda :

— D'accord, tout le monde ?

Ils opinèrent du chef. Kildrummy tendait la main vers son téléphone particulier.

— J'appelle Saguache.

— Non !

Ils regardèrent Holm qui venait de protester.

— Vous vous êtes aperçus que Saguache n'est plus ce

qu'il était et qu'il est devenu d'une sensibilité de vieille fille en prenant de l'âge ? Il ne touchera pas Oban.

— Pourtant, nous devons absolument nous débarrasser de...

— Je m'en charge.

Ils contemplèrent leur ami et complice avec un certain respect.

*
* *

Oban n'ignorait pas qu'il avait commis la plus énorme gaffe de sa carrière de hors-la-loi. Ne s'en serait-il pas douté que Saguache se serait chargé de le lui apprendre. Pendant toute la durée de la communication téléphonique, Ray ne put placer un mot. D'ailleurs, il ne voyait pas bien ce qu'il aurait pu dire. Pour éviter un appel de Gifford ou de Yarrow, il décida d'aller passer la journée à la campagne et alerta son amie de Beltonville et aussi une des plus sottes. Ses camarades ne comprenaient pas qu'elle demeurât fidèle à ce demi-fou d'Oban. Barbara n'aurait pu expliquer pour quelles raisons, elle restait attachée à un homme qu'elle n'aimait pas — elle était incapable d'aimer qui que ce soit — qui buvait et la traitait comme la dernière des dernières. Mais la perspective de passer quelques heures en plein air la transportait de joie et elle accepta avec enthousiasme.

Ray et sa compagne vécurent des heures merveilleuses. Ils déjeunèrent dans une auberge dont ils furent les seuls clients. La patronne, qui n'avait à s'occuper que d'eux, les prit pour des jeunes mariés, ce qui bouleversa Barbara. Plus tard, alors qu'ils se promenaient dans les bois, elle murmura :

— Vous avez entendu la patronne, Ray ?

— Entendu quoi, bébé ?

— Elle s'est figuré que nous étions mariés...

Il ne répondit pas immédiatement et quand il le fit,

Barbara crut, tout de bon, que le ciel s'ouvrait pour elle seule.

— Ça vous dirait, Barbe, de devenir Mrs Oban ?

Elle se jeta sur la poitrine de Ray, secouée de sanglots. Oban referma ses bras sur la pleureuse.

— Calmez-vous, mon petit... On se mariera, mais pas ici.

Elle releva la tête.

— Pourquoi pas à Beltonville ?

— Parce que je ne peux plus vivre dans ce sale patelin. Nous irons à New York. Il n'y a que là qu'un type de ma classe puisse se réaliser pleinement.

Barbara aurait pu faire remarquer à son ami qu'il était sans doute un peu tard pour commencer une carrière, mais l'idée de vivre à New York la mettait dans un tel état, qu'elle n'avait pas la possibilité de réfléchir, d'autant plus qu'elle ne savait pas réfléchir.

*
* *

Subitement rajeunis par la perspective d'un proche dépaysement, Ray et Barbara avaient passé l'après-midi à bâtir des projets qui avaient un dénominateur commun : une existence facile au prix d'un moindre effort. Le soir les surprit vagabondant toujours dans les nuages. Ils dînèrent au même endroit qu'à midi et vers onze heures du soir, ils regagnèrent le bungalow qu'Oban occupait dans la banlieue de Beltonville. Bras-dessus, bras-dessous, ils entrèrent dans le living-room. Oban se détacha de sa compagne pour donner la lumière. Il poussa une exclamation étouffée en constatant qu'un visiteur les attendait, un visiteur qui leur souriait aimablement :

— Bonsoir Oban... bonsoir, Miss.

— Co... comment êtes-vous entré ?

— Quelle importance ?

— Je n'aime pas ces manières !

La voix de l'autre se durcit.

— Croyez-vous que nous aimions les vôtres ?

Il se radoucit pour s'enquérir :

— J'aurais pensé que vous rameneriez cette charmante enfant chez elle avant de rentrer.

— En quoi ça vous regarde ?

— En rien, mais c'est dommage... enfin, tant pis... Vous vous rendez compte, n'est-ce pas, Ray, que vous êtes devenu, pour nous tous, une menace que nous ne pouvons plus supporter ?

— Vous attachez trop d'importance à une bêtise !

— Vous mentez, Oban... Vous êtes complètement détraqué, mon vieux, et, d'un moment à l'autre, capable de gueuler dans les rues de Beltonville que c'est vous, Saguache, Gifford et Yarrow qui avez assassiné la famille Carignagno sur mon ordre, il y a dix ans.

Oban se demandait s'il rêvait ou non. Raconter tout ça devant Barbara... Il jeta un coup d'œil à la petite. Elle paraissait figée. Si sotte qu'elle puisse être, elle ne pouvait pas ne pas deviner...

— Vous perdez la tête ou quoi ?

— Moi ?

— Mais, Bon D... ! elle risque de le répéter !

— Elle ne répétera pas.

Au seul ton, Oban comprit. Alors, il s'aperçut que son interlocuteur portait des gants. Une sueur froide commença à lui mouiller les tempes. Il s'en voulut de n'avoir pas emporté une arme, mais on n'en porte pas quand on se rend en partie de plaisir à la campagne. Sans beaucoup d'illusion, il décida de tenter sa chance et bondit vers la porte de la chambre à coucher. Son Bereta était dans le tiroir de la table de nuit. Barbara n'aurait pas cru qu'on puisse avoir des mouvements aussi rapides. Le pistolet parut jaillir dans le poing du visiteur. Deux détonations brèves et Ray pirouetta sur lui-même avant de glisser doucement au sol à la façon d'un pantin cassé. La jeune femme, les yeux écarquillés, ne hurla pas. Elle regarda le corps d'Oban. Elle n'avait nul besoin de le toucher pour savoir qu'il était mort. Elle se tourna vers le visiteur au visage dur et dit, hébétée :

— Je ne me marierai pas...

— Je le crains, Miss.

La première balle l'atteignit au front et la tua net. La seconde ne fut qu'une précaution.

Bob Holm s'assura qu'il ne laissait rien de vivant dans la maison et sortit dans la nuit sans se douter que grâce à lui, la prédiction de tante Josefa se réalisait : la faux de l'Eternel entrait en action, Oban et Barbara étaient les deux premières gerbes de la grande moisson rouge.

CHAPITRE IV

I

Tout le monde à Beltonville savait que Ray Oban était un homme de main louant ses services au plus offrant. On n'ignorait pas davantage que s'il n'avait eu de hautes protections (que l'on nommait, lorsqu'on se trouvait entre amis sûrs ou avec des parents) il y a longtemps qu'il eût été enfermé pour un certain nombre d'années, ainsi que ses copains Saguache, Gifford et Yarrow. Le peu d'estime que l'on portait à Oban justifiait l'indifférence à laquelle se heurtait l'annonce de sa mort violente et personne ne s'en serait soucié plus de cinq minutes si un nouvel article du « Record » n'était venu raviver les curiosités. Il apparaissait que Gravesend tenait un bon filon et qu'il n'entendait pas l'abandonner de sitôt, ce qui faisait l'affaire des curieux, des bavards et, dans l'ensemble de tous ceux qui détestaient le maire et son équipe. Chez Abraham Roswell, le coiffeur, de la 7e Rue, John Webster, le voyageur de commerce, lisait à haute voix (pour le plus grand profit des clients) l'article de Bert Gravesend :

« Ce qui surprend le plus dans la carrière de Ray Oban, c'est qu'il ait pu la poursuivre si longtemps sans avoir à connaître le poids de la loi. Maintenant que ce gentleman est mort, on est en droit de se demander pourquoi et de quelle façon, Oban n'a jamais comparu en justice. Autrement dit : qui protégeait Oban, depuis quand jouissait-il de cette protection et pour quel motif ? Certains chuchotent qu'il aurait rendu un grand service, il y a une dizaine d'années, à une personnalité de Beltonville, dont l'identité n'a pu être découverte. Oban est mort, comme meurent les vieux complices dont on redoute subitement les possibles indiscrétions. Quant à moi, je ne puis oublier que cet individu m'a menacé, dans mon bureau, à cause de mon précédent article où je parlais des enfants Carignagno. Faut-il voir une relation de cause à effet entre le massacre de la famille Carignagno, hier, et le meurtre d'Oban, aujourd'hui ? Je l'ignore. En tout cas, je livre ces réflexions au District Attorney qui — j'en suis persuadé — oubliera les liens qui l'unissent à ceux qui gouvernent Beltonville, pour s'efforcer de faire la lumière que ses concitoyens réclament sur un crime aux motivations sans doute très intéressantes. »

Webster abaissa le journal et dit, une nuance d'amiration dans la voix :

— Plutôt gonflé, le Bert, non ?

On approuva le voyageur de commerce et Phil Jasper remarqua :

— Si j'étais Gravesend, je me hâterais d'aller souscrire une assurance sur la vie, chez mon collègue Burns !

— Et pourquoi pas chez vous, Phil ?

— Parce que mes patrons n'aiment pas payer avant d'avoir touché pas mal de primes et, si vous voulez mon opinion, Bert n'aura pas le temps d'en régler beaucoup avant d'aller rejoindre Ray Oban dans un monde qu'on répute meilleur.

Le coiffeur qui ne souhaitait se mettre à mal ni avec la mairie, ni avec la police, invita ses hôtes du moment à plus de retenue dans leurs propos. On le moqua avec gentillesse, l'accusant d'avoir peur de tout, y compris de son ombre.

*
* *

Si l'on riait et plaisantait chez Abraham Roswell, il n'en était pas de même au « Grizzly » où, à une heure insolite pour eux, les trois camarades d'Oban s'étaient retrouvés. Depuis leur arrivée, ils n'avaient pas encore échangé un mot et Jim, le patron, ne s'était pas encore risqué à prendre leur commande. Il attendait qu'on l'appelât et pour l'instant, nettoyant sa verrerie, il guettait les propos que les tueurs pourraient tenir.

Soudain, Saguache fit un signe à Jim qui se précipita :

— Une bouteille de whisky...et pas de la saloperie, hein ?

— Oh ! Mr Saguache, comment...

— Ça va !

— A propos de ce pauvre Mr Oban, je voudrais vous dire combien...

— Assez !

Le patron s'esquiva sur la pointe des pieds, s'en fut chercher la bouteille réclamée, revint la poser sur la table avec trois verres et s'éclipsa de nouveau. La crainte qu'il éprouvait sans cesse en présence de ces hommes inhumains faisait qu'il n'était pas fâché de constater que ses trois clients semblaient dans les trente-sixièmes dessous et, intérieurement, il adressa des remerciements à celui qui avait jugé nécessaire d'expédier ce voyou d'Oban... Un seul regret — léger, léger... — pour la jeune Barbara, mais elle n'avait qu'à fréquenter d'autres garçons, il n'en manque pas à Beltonville !

Yarrow demanda :

— Jusqu'à quand va-t-on laisser Gravesend se foutre de nous ?

Sans bouger, Saguache répliqua :

— Ce n'est pas lui qui m'intéresse.

— Qui, alors ?

— Celui qui a descendu Oban.

Il y eut un silence que Gifford rompit :

— Il faut nous faire une raison, Rodolph, nous n'inspirons plus la frousse.

— Il ne tient qu'à nous de démontrer le contraire.

— Tu sais bien que, seuls, nous ne sommes rien.

— Toi, peut-être, Franck... mais moi, je me sens encore de taille à leur montrer qu'ils m'ont enterré trop vite !

Yarrow approuva son chef :

— Toujours prêt à te donner un coup de main, Rodolph. En dépit de ses conneries, Ray était mon copain.

— Merci, Lee... Comprenez tous les deux que la disparition d'Oban n'est pas catastrophique en ce qui nous concerne, car il commençait à devenir gênant ; il buvait trop et ne se contrôlait plus. Tôt ou tard, il nous eût mis dans la panade. Seulement, toucher à Oban, c'est toucher à notre équipe, et ça nous ne pouvons pas l'accepter ou alors, vaut mieux boucler tout de suite nos valises.

Gifford s'enquit :

— A votre avis, qu'est-ce qu'on peut faire ?

— Prévenir les meurtriers d'Oban que nous les avons à l'œil et que nous aussi, nous savons, à l'occasion, nous servir de nos pistolets !

Yarrow s'exclama :

— Parce que vous connaissez celui ou ceux qui ont descendu Oban ?

Saguache regarda son ami :

— Ne me dites pas, Lee, que vous, vous les ignorez ? Réfléchissez... A qui les bavardages d'Oban pouvaient causer de graves ennuis ?

— A nous ?
— Mais comme ce n'est pas nous qui l'avons abattu...
— Dans ce cas, je ne vois que le...
— Pas de nom, mon vieux... Nous allons leur rendre visite.

Lorsque les tueurs furent sortis, le patron se précipita sur son téléphone. Il était le meilleur indicateur de Bob Holm.

*
* *

Mélancolique, don Salvatore effectuait sa marche matinale dans le quartier italien. Il songeait, un pli d'amertume aux lèvres, à ses promenades d'hier où il lui semblait être un seigneur se baladant sur ses terres et recevant l'hommage de ses serfs. Il disait un mot gentil à celui-ci, rafraîchissait les souvenirs de celui-là, parlait de sa fille à la mère, du père au fils, embrassait les vieilles femmes qu'il appelait « nona mia » et était suivi, partout où il allait, d'un cortège de respect et d'affection. Les choses avaient changé depuis qu'une génération nouvelle imposait ses opinions. Le « parrain » savait qu'il ne pouvait plus compter sur Alcamo vieilli et qui n'avait plus le goût de la lutte. Or, la démission des chefs de la veille excitait l'appétit des jeunes loups. Enfin, l'arrivée à Beltonville des jumeaux Carignagno avait redonné une actualité désastreuse à une histoire dont l'époux d'Antonina n'était pas fier, mais qu'il croyait oubliée.

Pas plus gai que le « parrain », le patron du « Pays Natal » écoutait Fiesole discourir pour le bénéfice d'une quinzaine de garçons et d'hommes, dont les plus âgés n'avaient guère dépassé la trentaine. L'entrée de don Salvatore fit taire le bavard et le patron se félicita de ce que le vieux soit toujours respecté par cette jeunesse qui se figurait que tout lui était permis, que tout lui était dû.

— Bonjour, don Salvatore...

— Bonjour, Giacomo. Donne-moi donc un peu de Valpolicella.

Lorsque don Salvatore fut servi, il leva son verre vers ceux qui entouraient Fiesole et dit d'une voix forte :

— A votre santé, mes amis.

Unanimes, ils répliquèrent :

— A votre santé, don Salvatore.

Giacomo sourit, soulagé. Allons, le patron demeurait le patron. Il faudrait que les gamins patientent encore un peu. Malheureusement, le « parrain » eut la malencontreuse idée de vouloir poursuivre son avantage et demanda :

— Alors, ça va bien, mes enfants ?

Ils ne répondirent pas et Giacomo sentit des picotements lui courir le long de la colonne vertébrale.

— Non, don Salvatore, ça ne va pas bien.

Fiesole, sortit du groupe, se campa devant le « parrain » qui maudit intérieurement son imprudence. Pour essayer de s'en tirer, il prit son air bonhomme :

— Alors, Pietro ?

— On ne nous respecte plus !

— Qui ça : on ?

— Les Yankees !

— En voilà une autre ! Et depuis quand t'es-tu aperçu de ce mépris à notre égard ?

— Depuis qu'il y a dix ans, on a laissé assassiner toute une famille de chez nous sans réagir !

— C'est donc ça...

— Oui, c'est ça, don Salvatore...

— Un conseil, Pietro : laisse dormir les morts.

— Et s'ils ne peuvent pas goûter le repos ?

— Fais dire des messes !

— Consolations de bonnes femmes !

— Tu devrais imiter ces « bonnes femmes » plutôt que de te laisser aller à tes imaginations !

— Le meurtre de Ray Oban ne relève pas de l'imagination, je suppose ?

— La mort de ce voyou m'importe peu.

— Pourtant, c'était un de ceux qui avaient massacré les Carignagno !

— Et alors ?

— Et alors, don Salvatore, quelqu'un a entrepris de faire payer leur dette aux assassins de nos frères, de nos sœurs et nous, leurs compatriotes, nous ne bougeons pas, nous abandonnons notre travail aux autres ! Vous voulez donc qu'on ait honte d'être Italien ?

Le « parrain » tenta de raffermir son prestige :

— Je ne te permets pas de me parler sur ce ton !

— Ce n'est pas une réponse, don Salvatore.

— Il n'y a pas de réponse !

Giacomo soupira. Déjà, il devinait que le « parrain » n'aurait plus le dessus, qu'il était usé, fini, et qu'il devrait très vite, céder sa place. En faveur de qui ?

De Fiesole probablement. Estimant qu'il raisonnait juste, Giacomo passa avec armes et bagages dans le camp de Pietro. Il remarqua :

— Il y a toujours une réponse, don Salvatore.

Le parrain contempla un instant le patron du bar puis, secoua la tête. Si celui-là le lâchait, tous ne tarderaient pas à l'imiter. Sa voix était celle d'un vaincu lorsqu'il lança :

— Tu es trop jeune pour donner des ordres, Fiesole !

— Et vous, don Salvatore, n'êtes-vous pas trop vieux pour continuer à les donner ?

C'était le sacrilège, la révolte ouverte. Le « parrain » tourna les talons et sortit en oubliant de dire « au revoir ». On oublia de lui souhaiter une bonne journée.

*
* *

Ayant reposé le combiné de son téléphone, le lieutenant se tourna vers Dingwall et annonça :

— Ils arrivent.

Tom eut un sourire cruel :

— Nous les recevrons...

A ce moment, on appela de la mairie. M. le maire désirait parler au chef de la police. Tom ordonna qu'on le lui passât.

— C'est vous, Tom ?

— C'est moi, Red... Qu'est-ce qu'il y a ?

— Cette histoire d'Oban...

— Un fait divers que nous allons nous efforcer d'élucider.

— Vraiment, Tom ?

— Pourquoi ce ton de doute, Red ?

— Au cas où vous auriez un soupçon, voire une conviction quant à l'identité du meurtrier...

— S'il en était ainsi, Red, le bonhomme serait déjà sous les verrous.

— C'est aussi l'avis de Bob ?

Dingwall devina que le maire lui laissait entendre qu'il était au courant de la sanglante initiative de Holm ou, du moins, qu'il la soupçonnait. Il devait affirmer tout de suite sa position.

— Ecoutez, Red... Il est inutile que je demande l'opinion de Bob, puisque nous pensons toujours de la même façon quel que soit le problème que nous ayons à résoudre. Je ne décide rien sans prendre son avis et (il détacha ses mots) il n'agit jamais sans mon autorisation. Vous me comprenez, Red ?

— Parfaitement... Tom. Je souhaite simplement que vous ne vous trompiez ni l'un ni l'autre.

— Rassurez-vous... Si nous nous apercevons d'une erreur, nous sommes de taille à la rectifier.

— Je désirais simplement que vous me le disiez.

— Eh bien ! voilà qui est fait... Au revoir, Red.

— Au revoir, Tom.

A son tour, Dingwall regarda son adjoint :

— Red...

— Qu'est-ce qu'il voulait ?

— Rien de précis... Il a la trouille.

— Il vieillit.

Cynique, le chef affirma :

— Heureusement qu'il nous a...

— Je ne sais pas s'il est de votre avis, Tom.

Ils riaient encore lorsque Saguache et ses copains entrèrent. Le métis, haineux, remarqua :

— Je constate que la mort de Ray Oban ne vous affecte pas outre mesure.

Holm se chargea de répondre :

— Le Chef et moi, ne jugeons pas bon de pleurer chaque fois qu'un imbécile quitte ce monde.

— Ou qu'on l'oblige à le quitter ?

Le lieutenant fixa Saguache dans les yeux et répliqua :

— Ou qu'on l'on oblige à le quitter.

— Avec sa petite amie en supplément ?

— Sans doute pour qu'il s'ennuie moins durant le voyage qui le mènera en enfer.

— Salaud !

— Attention, Saguache... il y a des choses que je ne tolère pas et notamment qu'un métis m'insulte.

Saguache devint gris de fureur :

— C'est vous qui m'insultez maintenant, nous sommes à égalité !

— Il n'y a pas d'égalité possible entre un métèque et moi, tenez-le vous pour dit ainsi que vos deux acolytes !

— Oban était notre ami.

— Vous n'aviez qu'à le surveiller.

— Ses bavardages ne méritaient pas la mort !

— Allez le confier à celui qui l'a abattu !

— N'est-ce pas ce que je suis en train de faire ?

Holm frappa le métis de toutes ses forces. Saguache s'écroula. Yarrow et Gifford portèrent la main à leur poitrine, mais le lieutenant fut plus prompt qu'eux et braquant son Colt il leur conseilla gentiment :

— A votre place, je me contenterais de le ramener chez lui, et lui conseillerais de tenir sa langue.

Matés, ils obéirent. Lorsqu'il eut repris ses sens, le métis murmura :

— Vous avez tort, lieutenant. Personne ne peut se vanter, dans Beltonville, de m'avoir envoyé au sol sans le payer tôt ou tard et cher.

— Je n'aime pas plus les menaces que les insultes.

— Il faudra pourtant vous y habituer.

Dingwall se mêla alors au débat :

— Vous avez osé injurier mon adjoint, Saguache... Si je n'avais pas voulu me rappeler les services jadis rendus, je vous collais au trou !

— Vous n'auriez pas osé !

— En vérité ?

— De peur que je ne me mette à table !

— Vous oubliez que ne se mettent à table que ceux qu'on invite à s'y mettre ou à qui on laisse la possibilité de s'y mettre... Je ne pense pas que c'eût été le cas... De plus, je ressemble beaucoup à mon adjoint sur pas mal de points. Par exemple, je déteste le chantage autant que les injures... J'ai une méthode particulière pour me débarrasser des maîtres-chanteurs. Il ne tient qu'à vous de l'essayer, Saguache ?

Le métis hésita, mais devant le visage résolu du chef de la police, il s'inclina.

— C'est bon, vous êtes le plus fort, du moins pour l'instant.

Dingwall ricana :

— Erreur, mon vieux, nous serons toujours les plus forts.

— Et alors, nous, qu'est-ce qu'on est ?

Tom se leva. Sa masse impressionnait toujours ceux à qui il s'adressait.

— Ce que vous êtes tous les trois? Je vais vous l'expliquer...

Sans donner le plus léger signe d'impatience ou d'irritation, il contourna son bureau pour se camper devant Saguache.

— Ce que vous êtes, mes rigolos ? des minables... Des pauvres types foutus, bons à jeter aux ordures, leur vraie place. Mais qu'est-ce que vous avez donc dans les yeux pour ne pas vous rendre compte que vous êtes usés, finis ?

Le métis grogna :

— Assez !

— Ici, c'est moi qui donne les ordres ! Saguache vous et vos deux copains devez admettre que sans Holm et moi, vous n'êtes rien, vous entendez ? rien... Si nous vous lâchons — et nous vous lâcherions s'il arrivait que les choses se gâtent — vous en serez réduits à filer dans un autre Etat. Vous n'êtes plus capables de grand-chose et je pense que vous en avez conscience, alors qu'est-ce vous deviendrez ? des clochards... A moins que, ne vous souvenant plus de ce que vous êtes devenus, vous vouliez jouer les gros bras. Dans ce cas, vous finirez à la morgue... Vous ne savez plus, mes pauvres gars, que tuer par-derrière, et encore quand vous n'êtes pas imbibés d'alcool. Vous avez constaté ce qu'était devenu Oban, hein ? Alors, tout votre ramdam, Saguache, servez-le à d'autres. Nous, il ne nous impressionne pas, parce que nous savons que quoi que vous en prétendiez, vous êtes heureux d'être débarrassés d'Oban... qui pouvait vous mener directement à la chaise électrique. Maintenant que je vous ai expliqué le pourquoi du comment, vous allez rentrer chez vous et vous faire oublier... Compris ?

Ils sortirent en silence, pleins de haine et de colère,

humiliés jusqu'au plus profond d'eux-mêmes, mais devenus trop veules pour réagir à l'ancienne mode. Ce qui les blessait le plus douloureusement c'est qu'ils savaient que Dingwall avait raison et qu'ils n'étaient plus que des épaves que le « milieu » rejetait lentement, inexorablement sur la rive, où l'on crève de faim si personne ne se soucie de vous donner à manger. Saguache et ses amis devaient donc se taire pour que Dingwall continue à les payer.

*
* *

Katty Torphins avait confié ses enfants à la gouvernante — venue de Concord quand la petite fille qu'elle avait élevée était devenue Mrs Torphins — pour pouvoir aller dîner chez ses beaux-parents, en compagnie de son mari. Katty ne se sentait pas particulièrement à l'aise avec un beau-père qui lui inspirait une crainte irraisonnée et une belle-mère dont l'âge semblait engourdir le cerveau, mais elle avait l'impression qu'en ce moment, Bruce était préoccupé ou fatigué. Cette sortie, quoique familiale, serait une distraction qui lui changerait les idées. Depuis un certain temps, la jeune femme se faisait du mauvais sang pour son époux. Elle le trouvait sombre, nerveux, sans qu'il lui confiât — en dépit de ses questions réitérées — l'objet de ses soucis. Bruce changeait. Sans trop oser se l'avouer, Katty estimait que sa charge de District Attorney était trop lourde pour lui. Elle exigeait une personnalité qu'il ne possédait pas.

Donna Torphins, en vieillisant, n'avait pas beaucoup perdu de sa superbe. Elle continuait à se prendre pour une créature d'une essence supérieure forcément incomprise du reste du monde. Seul, son fils trouvait grâce à ses yeux. D'abord parce qu'il était beau, ensuite parce qu'il était doux et bien élevé. Il la traitait, naturellement, comme elle aurait souhaité que tout le monde la traitât : avec tendresse et respect. Au contraire, les années passées avaient rendu plus lourd et d'aspect plus rude encore, Red Torphins. Au fur et à mesure qu'il avançait en âge, le maire renonçait à s'imposer des efforts pour paraître civilisé. Ceux qui le connaissaient de longue date disaient qu'il ressemblait chaque jour davantage à la jeune brute, toujours prompte à l'injure et à la bagarre, qu'il avait été dans ses commencements. Il parlait fort, riait bruyamment, entendait avoir sans cesse raison et interrompait grossièrement son interlocuteur.

Nul besoin d'être très perspicace, ce soir-là, pour comprendre que Bruce n'était pas dans son assiette. Il mangeait à peine, oubliait de féliciter sa mère de l'excellence de sa cuisine (compliments auxquels Donna demeurait sensible), ne buvait guère et s'obstinait dans un mutisme déconcertant ses proches. C'est pourquoi, contrairement à ce qu'espérait Katty, ce repas n'apporta pas ce qu'elle en avait attendu.

Au salon, Red avait allumé un cigare et observait son fils à travers ses paupières mi-closes. Soudain, il s'enquit :

— Des ennuis, fiston ?

Bruce sursauta. Il craignait toujours vaguement son père, ne parvenant pas à se déprendre de l'angoisse qui avait été la sienne durant son enfance, son adolescence, en face de cette force de la nature.

— Les soucis du métier, père.

— Je puis quelque chose pour vous aider ?

— Je ne le crois pas... — il ajouta en riant — A moins que vous ne me donniez le nom de l'assassin de Ray Oban ?

— Pourquoi, diable ! vous préoccupez-vous de ce voyou ?

— Voyou ou pas, il a été assassiné avec cette malheureuse fille et mon devoir est de déférer leur meurtrier devant le grand jury qui, je l'espère, l'enverra à la chaise !

— Vous m'étonnez, Bruce... N'avez-vous vraiment rien d'autre à faire que de vous mettre martel en tête pour une crapule de mince envergure, qu'un rival a expédié dans l'autre monde ?

— Devant la loi, père, il n'y a que des coupables ou des innocents... Enfin, ne sentez-vous pas l'atmosphère qu'on respire dans Beltonville ? On a l'impression que chacun est au courant d'on ne sait quoi, mais qu'il n'en parlera à personne. Peut-être une sorte de faute commise et que l'on voudrait oublier, en espérant que le silence en atténuera l'horreur...

— Vous avez beaucoup trop d'imagination, Bruce, beaucoup trop. Vous devriez voir les choses plus simplement.

— Je crains que ce ne soit vous, père, qui refusiez de voir la réalité telle qu'elle est !

Red secoua lentement la tête :

— Je le répète, fiston : beaucoup trop d'imagination.

— Et Gravesend, il a trop d'imagination ?

— Vous choisissez mal vos exemples. Bert est un ivrogne. Toute la ville est au courant, sauf vous apparemment ?

— Pourquoi Ray Oban a-t-il menacé Gravesend ? Pourquoi a-t-il été tué juste après cet incident, comme si on voulait le contraindre au silence ? Pourquoi ces deux enfants vêtus de noir, rescapés d'un massacre ancien dont on n'a jamais trouvé les coupables, troublent-ils la population de Beltonville par leur seule présence ? Que rappellent-ils donc à certains ?

Torphins se leva. Il répondit brutalement :

— Vous m'ennuyez à la fin, fiston ! Je ne puis répondre à vos questions imbéciles et pour cause... Oban était une épave, Gravesend est une épave...

— Et les deux adolescents en noir sont aussi des épaves ?

— Vous allez vous taire, N... de D.. !

Bruce contempla son père avec étonnement :

— Qu'est-ce qui vous prend ? Auriez-vous peur, vous aussi, quand on parle de ce garçon et de sa sœur ?

Katty retint le cri qui lui montait aux lèvres, quand elle crut que Red s'apprêtait à frapper son fils, mais le maire se contint et déclara d'une voix sourde :

— Libre à vous, fiston de prêter l'oreille aux propos des ivrognes de cette ville et à prendre pour argent comptant les divagations d'un journaliste imbibé d'alcool, mais n'oubliez pas que je suis le maire de Beltonville et, qu'à ce titre, je ne permettrai à personne, fût-ce mon fils, de troubler mes administrés. Bonsoir !

Avant que Red n'ait eu le temps de disparaître dans son bureau, Bruce lui lança :

— N'oubliez pas, de votre côté, que je représente la loi et que nul, pas même vous, ne m'empêchera de l'appliquer !

La porte claquée à toute volée fut la réponse du maire.

*
* *

Emily avait reçu d'une cousine habitant en Virginie un jambon cuit dans une carapace de miel. C'était là le mets qu'elle préférait à n'importe quoi et, sous les yeux attentifs de son frère et le regard amusé des jumeaux, elle découpait la pièce magnifique avec une précision et une attention de chirurgien. Bientôt, les tranches rosées, dont la chair quasi transparente, paraissait plus rose encore dans leur enveloppe caramélisée, s'entassèrent sur une assiette. Clem reçut permission de se servir le premier en tant que maître de maison et sa sœur, couteau levé, attendit son verdict avec une ombre d'inquiétude qui se dissipa d'un coup lorsqu'elle vit le sourire qui illuminait la figure de Clem. Coquette, elle demanda :

— Alors ?

— Une merveille, Emily !

On se mit à la tâche et, pour une fois, les jumeaux semblaient — très discrètement — participer à l'allégresse de leurs hôtes.

Après qu'il eût englouti trois tranches de jambon, bu deux tasses de café, Clem desserra la ceinture de son pantalon et, gagnant son vieux fauteuil, où il allait fumer sa dernière pipe de la journée, il commenta son état euphorique.

— Je suis sûr que si tous les hommes pouvaient manger du jambon de Virginie, ils se détesteraient un peu moins. Quelqu'un qui est nourri convenablement n'a de haine au cœur pour personne et ne songe pas à nuire à son prochain.

La philosophie simplette de Belford ne parut pas toucher Arrigo et Isabella qui demeurèrent de marbre, tandis que cette pauvre innocente d'Emily crut bon de dire :

— A propos, Clem, cet Oban qu'on a assassiné avec son amie, c'est celui qui était toujours fourré avec le métis ?

— Oui... Ce n'est pas une grande perte.

— On ne sait pas qui...

Belford coupa brutalement sa sœur :

— Non ! et vous feriez mieux de parler d'autre chose !

— Mais c'est vous...

— Allez-vous vous taire, Bon Dieu !

Emily en avait les larmes aux yeux. Arrigo lui prit la main.

— Ne pleurez pas, tante Emily, oncle Clem n'a pas voulu vous peiner... Simplement, il ne désire pas que vous parliez de Ray Oban devant nous... Il a tort, car nous savons très bien (tante Josefa l'a appris très vite) que cet Oban était parmi ceux qui ont assassiné nos parents.

La vieille fille chuchota :

— C'est vrai, Clem ?

— On l'a dit, à l'époque.

— Alors...

Et elle se tut. Arrigo la relaya :

— Alors, c'est que tout est déclenché. L'Eternel a levé sa faux pour moissonner Beltonville.

Emily se signa :

— Seigneur...

Isabella, de sa voix qui faisait frissonner Clem jusqu'aux os, récita :

— Parcourez les rues de Jérusalem.
Regardez, informez-vous, cherchez dans tous les coins
Et s'il s'y trouve un homme, un seul
Qui pratique la justice, qui s'attache à la vérité,
Alors, je pardonnerai à Jérusalem —
Dit l'Eternel.

II

Saguache et ses deux camarades furent longs à digérer l'humiliation que leur avait infligée Dingwall. Pour essayer d'atténuer leur rancœur, ils rêvaient de revanches impossibles. Comme si le fait d'être ensemble minimisait la douleur de la blessure, ils ne s'étaient pas quittés en sortant de l'immeuble occupé par la police. Ils avaient pas mal bu et, au soir, après un repas pris en commun et de nouvelles libations, alors qu'ils s'apprêtaient à regagner leurs demeures respectives, il parut à ceux qui les regardaient monter dans leur auto qu'ils n'iraient pas très loin sans se flanquer dans un mur ou dans un arbre. Pourtant, en dépit de quelques coups de volants hasardeux, le métis conduisit sans incident grave ses compagnons à travers les rues de Beltonville endormie.

— Et si on allait remercier M. Gravesend d'avoir été la cause de la mort de Ray ?

C'était Yarrow, le plus ivre des trois, qui venait de lancer cette proposition. Gifford dit :

— Ce ne serait peut-être pas une mauvaise idée... Qu'en pensez-vous Randolph ?

Depuis leur entrevue avec les policiers, Saguache cherchait sur qui se venger de ce qu'il avait encaissé et le journaliste s'affirmait la victime idéale puisqu'il déplaisait au maire, au chef de la police et à lui-même !

— D'accord ! on va se dérouiller les muscles, mais attention, les gars, on ne va pas au-delà d'une solide râclée !

Gifford ricana :

— Quinze jours d'hôpital, au plus !

Yarrow émergea de son ivresse pour ajouter :

— Et quelques belles cicatrices pour lui rappeler qu'il a eu tort de s'attaquer à nous.

Ils attendirent longtemps le retour du journaliste qui ne rentra chez lui qu'à l'aube. Quand ils jugèrent qu'il avait eu tout le loisir de se préparer à se mettre au lit, ils sonnèrent à sa porte. Gravesend ouvrit et Gifford le frappa au visage, lui cassant le nez. Bert partit à reculons et s'en fut s'effondrer près de la fenêtre de son living-room. Yarrow se précipita le releva et lui envoya, à son tour, son poing dans la figure. Puis, le métis se mit en action. Lui, il préférait travailler avec les pieds, et, systématiquement, il se mit à cogner. Quand ils quittèrent les lieux, dix minutes plus tard, un voisin de Gravesend qui s'apprêtait à partir pour l'usine où il travaillait, les aperçut. Trois silhouettes s'enfonçant dans l'obscurité laiteuse de l'escalier. Le fait qu'ils n'aient pas cru bon d'éclairer mit la puce à l'oreille du brave homme. De plus, la porte de Gravesend était entrouverte. Il la poussa, donna de la lumière et lorsqu'il vit le corps de Bert, qu'il se fut penché sur lui pour constater qu'il vivait encore, il téléphona à la police.

*
* *

Dégrisé, Saguache conduisait vite et se dirigeait de nouveau vers le centre de Beltonville. Yarrow s'en étonna. Le métis lui expliqua qu'ils avaient tous trois besoin d'un alibi solide et que seul, le propriétaire du « Grizzly » pouvait le leur fournir. Ils eurent du mal à réveiller Jim, après avoir rangé leur voiture dans la cour, à l'abri de tous les regards. Saguache expliqua au patron qu'ivres-morts, il n'avait pu les flanquer dehors et qu'il les avait laissés endormis, avachis sur leur table. Jim n'était pas emballé, mais Randolph sut le persuader qu'en cas de refus, il devait s'attendre à de gros ennuis et le patron céda. On arrangea une mise en scène : deux bouteilles d'alcool vides, une autre à moitié pleine, d'une quatrième renversée, etc., et les trois hommes effondrés dans toute cette saleté où ils ronflaient.

*
* *

Bob Holm était presque tout de suite arrivé dans l'appartement de Gravesend après l'appel du voisin. Sitôt qu'il eut jeté un coup d'œil sur le journaliste, le lieutenant sut qui avait fait le coup. Les infirmiers étant venus chercher le blessé pour le transporter à l'hôpital, il interrogea le bon Samaritain qui raconta ce qu'il avait vu.

— Vous êtes sûr qu'ils étaient trois ?

— Absolument, lieutenant.

— Vous les reconnaîtriez ?

— Pas au point de déposer sous serment.

— Pourquoi ?

— Parce qu'ils n'avaient pas éclairé la minuterie de l'escalier.

— Mais leur allure ?

— En tête, il y avait un homme de taille moyenne, très mince... derrière lui, descendait un type un peu bedonnant enfin assez épais, quoi... Celui qui fermait la marche m'a paru être un colosse, sûrement près de cinq pieds et six ou sept pouces !

Holm ne révéla pas à son interlocuteur qu'il venait de silhouetter à la perfection Saguache, Yarrow et Gifford.

Le lieutenant de police était hors de lui et les trois hommes eussent été en sa présence, qu'il les eût abattus. Les salauds !... les imbéciles !... Sautant dans sa voiture, Bob Holm se précipita chez Yarrow, mais la femme de ce dernier, Suzy, lui assura que son voyou de mari n'était pas rentré depuis la veille. Par principe, le policier jeta un coup d'œil dans l'appartement et partit convaincu que Lee était resté avec ses copains. Chez Gifford, la chanson fut identique et l'opulente Muriel, qui partageait la vie de Frank, se répandit en commentaires amers sur le compte d'un époux qu'elle ne voyait presque jamais. Au domicile de Saguache, le célibataire, personne. En désespoir de cause malgré l'heure matinale, le lieutenant se rendit au « Grizzly » où Jim, l'œil bouffi, le cheveu en désordre, ouvrit à Bob.

— Vous avez vu Saguache et ses amis, hier soir ou cette nuit ?

— Si je les ai vus ? ah ! Bon Dieu de Bon Dieu ! Ils ont pris une telle cuite que je n'ai pas pu les foutre dehors... J'ai failli appeler vos hommes, lieutenant... seulement, ces trois types m'ont toujours flanqué la trouille.

— Ils sont encore là ?

— Et comment ! ils cuvent leur alcool, les cochons !

Holm resta perplexe devant le spectacle qui s'offrait à ses yeux. Saguache, Yarrow et Gifford ronflaient, la tête sur leurs coudes repliés. Des trois, seul le métis feignait de dormir. Il écoutait le cœur battant, ce que Jim dirait au lieutenant qui l'interrogeait.

— A quelle heure sont-ils arrivés ?

— A onze heures et ils étaient déjà pleins !

— Vous me donnez votre parole qu'ils n'ont pas bougé d'ici depuis leur entrée dans votre établissement ?

— Je vous la donne, lieutenant et vous savez que je ne m'amuserais pas à vous mentir, hein ?

— Ce serait, en effet, un divertissement qui pourrait vous coûter cher...

Holm parti, Jim revint dans la salle où le métis se leva.

— Vous avez été parfait, Jim. Je ne l'oublierai pas et maintenant, nous allons réveiller ces deux abrutis.

Saguache aspergea ses complices avec une carafe d'eau et tous trois regagnèrent leur voiture afin de réintégrer leurs domiciles particuliers, Randolph faisant le taxi pour ses camarades. Il résuma l'opinion générale :

— Je crois qu'on l'a possédé, le lieutenant Holm qui se prend pour un flic le plus intelligent des Etats-Unis !

L'optimisme du métis eût baissé de quelques tons s'il lui avait été donné de voir ce qu'il se passait, au même moment, au « Grizzly ». A peine les tueurs avaient-ils disparu que Bob, ayant congédié ses agents, grattait à la porte de derrière du bar qu'on lui ouvrait doucement.

— Alors, Jim ?

— Vous vous êtes rendu compte que le métis ne dormait pas ?

— Bien sûr et vous avez parfaitement agi, mon vieux. Ils n'étaient pas là cette nuit, n'est-ce pas ?

— Ils sont arrivés il y a moins d'une heure et ont exigé que je dise ce que je vous ai dit.

— O.K. Merci, Jim. A charge de revanche.

III

Le directeur du « Record » — Tony Brockton — n'aimait pas Gravesend, mais il ne supportait pas qu'on se permît de porter la main sur un de ses journalistes. Il considérait un acte de brutalité commis sur un de ses employés comme une offense personnelle et, sitôt qu'il eût été mis au courant de l'agression dont Bert avait été victime, il se rendit à son chevet où il s'entendit dire que les médecins ne pouvaient encore se prononcer. De retour au « Record » Tony décida de remettre la rotative en marche et de sortir une édition spéciale pour midi. Cette édition eut l'effet d'une bombe parmi la population active de la cité. Partout, les gens arrêtaient les crieurs de journaux qui hurlaient le titre s'étalant sur toute la largeur de la première page du « Record » : BELTONVILLE A-T-IL PERDU LA RAISON ? et Brockton qui (fait exceptionnel) signait l'éditorial, expliquait cette curieuse interrogation en rapportant l'agression dont avait été victime, chez lui, Bert Gravesend que les médecins n'étaient pas sûrs de pouvoir sauver tant il était en mauvais état : le nez fracturé, les arcades sourcillères fendues, trois côtes cassées et l'on ne savait rien de précis des contusions internes, dont on ignorait si elles avaient lésé des organes essentiels. Tout le monde à Beltonville connaissait Gravesend, figure familière de la cité et l'indignation fut unanime. Fort habilement — mais sans donner prise à un procès en diffamation — le directeur hésitait à rattacher l'attentat dont son collaborateur avait été l'objet, au meurtre de Ray Oban et, pourquoi pas ? à la très ancienne affaire du massacre de la famille Carignagno, dont les derniers enfants, Arrigo et Isabella, se trouvaient, pour l'heure, à Beltonville. Avec une grande habileté, le propriétaire du « Record » terminait son article en versant dans une sorte de lyrisme prophétique, se demandant si ces deux adolescents — dont la venue coïncidait avec un climat de violences que Beltonville n'avait pas connu depuis dix ans — n'étaient pas les instruments d'un destin n'ayant point pardonné à la cité son indifférence dans l'assassinat des Carignagno. Le directeur concluait en écrivant que les jumeaux évoquaient, à ses yeux, l'image d'un cristal qui, plongé dans une solution, la faisait prendre. Depuis deux lustres, la ville — sans en avoir clairement conscience — vivait dans la honte et dans la crainte ; l'arrivée des orphelins la forçait à s'en rendre compte et à poser les questions qu'elle n'avait jamais voulu se poser. L'éditorial s'achevait sur une sorte de mise en demeure au District Attorney d'avoir à ne se laisser arrêter par aucune considération, quelle qu'en fût la nature (et chacun comprit que c'était là une allusion à ses liens de parenté avec le maire) pour remplir son devoir. Les gens de Beltonville attendaient l'arrestation du meurtrier d'Oban et des agresseurs de Gravesend.

Red Torphins lisait le « Record ». Il ponctuait sa lecture de grognements inarticulés, mais dont les intonations grimpant dans la gamme témoignaient d'une irritation croissante. Glenn Kildrummy, qui avait déjà pris connaissance de l'article, guettait ses réactions. Tom Dingwall et Bob Holm étaient là aussi. Dans les moments difficiles, les vieux complices se réunissaient spontanément. Red posa le journal, fixa son regard lourd sur le chef de la police.

— Qui ?

— Une initiative de Saguache.

— Il devient gênant... terriblement gênant...
— C'est aussi mon avis.
— Alors...
— Oui.
Holm intervint :
— Il faut attendre... trouver le moyen et le moment.
Red approuva d'un hochement de tête et dit :
— Et puis, il y a ces jumeaux Carignagno...
Dingwall opina :
— Peut-être les plus à craindre.
Le lieutenant protesta :
— Ils ne font rien !
— Justement...
Torphins s'enquit :
— Comment ça se passe actuellement, Tom ?
— On discute beaucoup, Red, trop. L'article a soulevé les passions. Nos ennemis reprennent du poil de la bête... Nos hommes se sont entendu traiter d'assassins alors qu'ils voulaient disperser un petit rassemblement.
— Pas de meneur désigné ?
— Non, de rares tordus qui prophétisent la fin de Beltonville en s'appuyant sur des réflexions prêtées aux petits Carignagno.
— Toujours eux... Ils m'ennuient.
— Ils nous ennuient tous, Red... mais que peut-on faire ?
— A vous de trouver, Tom.
Le lieutenant précisa :
— Mes indicateurs nous signalent que l'agitation a gagné le quartier italien.
— Rappelez don Salvatore au calme.
— Je crains que le pauvre vieux ne puisse plus grand-chose. Les jeunes le poussent.
— A quoi ?
— A s'en aller.
— Ce sont leurs affaires.

— Les jeunes reparlent aussi des Carignagno et accusent don Salvatore de s'être dégonflé.

— Bah ! ces Ritals discutent beaucoup et n'agissent jamais... Laissez-les bavarder et s'ils exagèrent, bouclez-en quelques-uns... Ils ne sont pas des plus dangereux.

C'est alors que sans élever la voix, Kildrummy déclara :

— Le plus dangereux, Red, c'est votre fils.

Tous le regardèrent en silence et Torphins répliqua doucement :

— Qu'entendez-vous par là, exactement, Glenn ?

— Vous savez aussi bien que moi, Red, qu'il est très affecté par ce qui se passe dans notre ville et surtout par ce qu'il entend dire.

— A quel propos ?

— Du passé.

— Et alors ?

— Je crains qu'il ne se croie obligé à faire du zèle. Nous n'avons rien à gagner, ni les uns ni les autres, à ce qu'il pousse trop loin son enquête.

Sèchement, le maire remarqua :

— Bruce est mon fils, il agira comme je lui commanderai de le faire !

— Je le souhaite, Red, mais n'oubliez pas qu'il est District Attorney et gendre du gouverneur de l'Etat !

— Ça ne l'empêche pas d'être d'abord mon fils !

*
* *

— Moi, je vous dis que les Yankees ont peur... Je sais pas de quoi, mais ils ont peur et il faut se méfier des gens qui ont peur...

— T'as sûrement ta petite idée, Fiesole ?

Ils étaient une vingtaine entourant celui qui se posait, presque officiellement, en successeur du Don.

— Mon idée c'est qu'ils essaieraient de faire du mal aux derniers Carignagno, que ça m'étonnerait pas...

Un halètement de colère secoua l'auditoire. Sûr de le tenir en main, Fiesole poursuivait :

— Ils doivent penser qu'ils peuvent s'en débarrasser comme ils se sont débarrassés de leurs parents sans que les Italiens dégénérés que nous sommes devenus les Ritals qu'ils disent — soient capables de défendre les leurs, pas plus qu'ils n'ont su les venger autrefois.

Les protestations fusèrent de partout. Fiesole les laissa crier puis, d'un geste, ramena le silence :

— Les jumeaux... personne ne doit y toucher... alors, voilà ce que je propose.

Ils resserrèrent leur cercle pour mieux l'écouter.

*
* *

Lorsqu'on sonna à sa porte, le métis commença par sortir son pistolet, vieille habitude d'un homme qui n'entend pas être pris au dépourvu. Il le rengaina quand il se trouva en présence du lieutenant Holm. A peine entré dans la pièce où Saguache vivait, le policier se tourna et déclara froidement :

— Nous en avons assez de vous et de vos copains, mon vieux.

— Mais...

— La manière dont vous avez traité Gravesend, chez lui, c'est le bouquet ! Vous avez lu le « Record » j'imagine ?

— Qu'est-ce que j'ai à foutre de cette feuille de chou ! Nous ne sommes pour rien dans ce qui est arrivé à ce pisse-copie !

Holm haussa les épaules et laissa tomber dédaigneusement :

— Pauvre idiot... J'ai deux témoins prêts à témoigner sous serment qu'ils ont vu votre voiture entrer dans la cour du « Grizzly » moins d'une demi-heure avant que je ne m'y présente moi-même !

— Mais, Jim vous a affirmé...

Le lieutenant interrompit brutalement le métis :

— Fermez-la ! Jim m'a récité ce que vous lui aviez ordonné de me réciter. Ça va lui coûter sa licence d'ailleurs, et quelques mois de prison pour faux témoignage, si le District Attorney remonte jusqu'à vous. Car vous avez le District Attorney aux fesses, vous et vos copains, mon vieux. J'ajouterai qu'il m'a l'air drôlement acharné.

— Son père pourrait...

— Si vous souhaitez connaître mon avis, Mr Saguache, il enverra son père aux pommes, au cas où celui-ci se permettrait de coller son nez dans ses affaires. — Il ricana — Figurez-vous que le fils unique de Red Torphins est honnête. Une poisse, hein ? Nous, on ne veut pas être dans le bain et payer pour vos conneries. Je suis chargé de vous apprendre ceci : ma visite est un dernier avertissement, gardez vos hommes en main, mon vieux, ou disparaissez tous les trois de Beltonville. N'attendez pas qu'on vous y oblige d'une manière ou d'une autre.

Le métis voulut crâner :

— A la façon dont est parti Oban, par exemple ?

— Par exemple, salut.

*
* *

Le lendemain, dans l'après-midi, on téléphona du bureau du District Attorney à l'hôpital, pour demander comment allait Gravesend et s'il était en état de répondre à un bref interrogatoire. On fit savoir que les médecins n'éprouvaient plus d'inquiétude, n'ayant relevé aucune lésion profonde. On estimait que le malade pourrait rentrer chez lui d'ici quinze jours trois semaines. On assurait que si l'on se contentait de ne poser que fort peu de questions, le blessé devrait pouvoir parler sans risques.

A 3 heures, suivi de son secrétaire, Bruce Torphins pénétrait dans la chambre de Gravesend. Par suite de son nez cassé, de ses arcades recousues, le journaliste avait le visage qui disparaissait sous les pansements. Le District Attorney approcha du lit.

— Gravesend, je suis décidé à faire toute la lumière sur l'agression dont vous avez été victime, ainsi que sur le meurtre de Ray Oban. Je ne veux pas que Beltonville soit considéré comme un Chicago miniature. J'entends que la loi soit respectée par tous et elle le sera, je vous en donne ma parole.

Bert chuchota :

— Dans ce cas, il vous faudra beaucoup de courage.

— J'en aurai.

— Plus que vous n'imaginez.

— Soyez tranquille, j'en aurai autant qu'il le faudra. Maintenant, Gravesend, puis-je vous interroger ?

— Allez-y...

— Savez-vous pourquoi l'on vous a attaqué ?

— A la suite de mes articles.

— Expliquez ?

— Ces deux adolescents,... Arrigo et Isabella Carignagno, par leur seule présence, ont fait revivre le crime, vieux de dix ans, qui coûta la vie à toute leur famille... L'opinion de Beltonville s'est souvenue — l'avait-elle jamais oublié ? — que par son silence, elle était devenue complice. Alors, on s'est repris et les assassins des Carignagno ont eu peur...

— Parce qu'ils sont encore là...

— Les auteurs du massacre et ceux qui l'ont ordonné... Rappelez-vous que je vous ai dit que vous auriez besoin d'énormément de courage.

— Ne vous en faites pas pour moi. Vous avez reconnu vos agresseurs ?

— Oui.

— Leurs noms ?

— Que votre secrétaire quitte ma chambre.

— Mais il doit...

— Dans ce cas, je me tais.

— Bon...

D'un signe de tête, le District Attorney congédia son compagnon.

— Je vous écoute ?

— J'ai demandé qu'il s'en aille parce que je ne voulais pas qu'il note les noms. Je n'ai pas vu les visages de ceux qui m'ont attaqué... cependant, je vis depuis toujours à Beltonville et leurs silhouettes me sont familières... Malheureusement, reconnaître une silhouette n'est pas une preuve, même pour le plus habile des District Attorney... Alors, je vous livre les noms pour votre gouverne et afin que vous sachiez de quel côté orienter vos recherches : Saguache, Gifford et Yarrow.

— J'y avais pensé, or ils ont tous trois un alibi qui repose sur le témoignage du patron du « Grizzly ». Ils étaient chez lui au moment où l'on vous attaquait.

— Qui a interrogé Jim ?

— Le lieutenant Holm.

— Ignoreriez-vous ce que tout Beltonville sait ?

— Que voulez-vous dire ?

— Les hommes dont je vous ai cité les noms sont aux ordres du lieutenant Holm et du chef Dingwall.

— Je ne vous permets pas de...

— Tenez-vous à ce que je vous apprenne au service de qui ils sont aussi ?

— Taisez-vous !

Gravesend soupira :

— Bonsoir, Monsieur le District Attorney... Excusez-moi d'avoir troublé votre quiétude... Rappelez-vous : beaucoup de courage pour aller jusqu'au bout de votre enquête.

— Mais...
— Bonsoir.

*
* *

Lee Yarrow n'avait pas encaissé la mort de son copain Oban. Il ne voyait pas pour quelles raisons Saguache — en qui il avait toujours eu la plus totale confiance — avait admis la disparition de leur compagnon. Il lui semblait se débattre dans une grande injustice tolérée par tous, sauf par lui. L'attitude des policiers lui apparaissait comme une trahison aussi incompréhensible que dégoûtante. Il expliquait à Suzy :

— Vous comprenez... Ray et moi, on était pareil aux deux doigts de la main... Saguache s'est toujours mieux entendu avec Frank... C'est pourquoi, je veux pas qu'on glisse le meurtre d'Oban au chapitre des profits et pertes...

Molle et blonde, Suzy était trop occupée à se défendre contre les attaques sournoises de la quarantaine pour se passionner au récit des aventures personnelles des voyous que fréquentait son mari.

— Qu'est-ce que vous comptez faire, mon chou ?

— Je sais pas.

— Alors, un conseil : bougez pas.

— On était tranquille, heureux, et puis voilà que tout change... Vous sauriez me dire pourquoi ?

— Parce que dans votre métier, mon chou, on n'est jamais sûr du lendemain. Ma mère aurait voulu que j'épouse un fonctionnaire ou un commerçant. Je crois qu'elle avait raison... Je serais installée, j'aurais peut-être des gosses et on me dirait Madame... Mais je pensais qu'à rigoler... alors, voilà, aujourd'hui, je suis une cloche collée à une autre cloche et on sait pas si on va sonner un carillon ou le glas. Marrant, non, mon chou ?

— Vous avez de drôles de réflexions, par moments, Suzy. Vous voulez mon opinion ? Vous n'essayez pas assez de penser !

— Tandis que vous...

— Moi, je me creuse le ciboulot pour deviner d'où ça vient que, tout d'un coup, on n'est plus sûr de rien, que des histoires qu'on se figurait enterrées refont surface... que Ray a été descendu... que tout le monde est contre nous...

— Et ça vous mène où, mon chou ?

— A dire que tous ces embêtements ont débuté avec l'arrivée de ces deux gosses à Beltonville.

— Conclusion ?

— Faut qu'ils retournent chez eux et en vitesse. Peut-être qu'après leur départ, la tranquillité reviendra.

— Prenez garde où vous allez mettre les pieds, mon chou... Si vous touchez à ce gamin et à cette gamine, vous aurez tout le pays contre vous ! J'entends causer, moi...

— J'ai pas l'intention de leur faire du mal...

— Vaut mieux !

— ... seulement de leur flanquer la trouille et de les inviter à filer dare-dare.

— Comment vous y prendrez-vous, mon chou ?

— Je vais leur coller au train et sitôt que je peux les coincer dans un endroit pas trop passager, je leur expliquerai le pourquoi du comment.

— A votre place, mon chou, je me tiendrais peinard.

— Je constate, Suzy, que vous ne pigez pas et j'en ai de la peine.

*
* *

Lee aurait été mieux inspiré d'écouter les conseils de Suzy, car il ignorait que Fiesole, approuvé par les jeunes chômeurs du quartier italien, avait décidé que chaque matin et chaque après-midi, l'un d'eux s'attacherait aux pas des jumeaux, pour les protéger en cas de besoin. Afin de donner l'exemple, Pietro Fiesole avait pris le premier relais.

Ce jour-là, on enterrait un boucher. Sa famille, ses clients avaient tenu à l'accompagner à sa dernière demeure, ainsi que ses rivaux, désireux de s'assurer qu'il était définitivement éliminé de la concurrence farouche que se livraient les commerçants des quartiers populaires. Le pasteur affirmait à l'assistance sceptique que le défunt s'était montré un modèle achevé des vertus américaines lorsqu'Arrigo et Isabella, toujours la main dans la main, entrèrent au cimetière. Le premier qui les aperçut, poussa le coude de son voisin et ainsi de suite, si bien qu'au bout de quelques secondes personne ne se souciait plus de ce que racontait le révérend et se désintéressait du boucher mort pour regarder les adolescents qui gagnaient, à pas lents, le coin où dormaient les leurs.

Yarrow qui avait réperé les derniers des Carignagno un peu avant le cimetière, pénétra à une vingtaine de mètres derrière eux dans ce lieu de repos et changea tout de suite d'allée pour ne pas attirer l'attention. N'ayant jamais songé à se retourner, Lee n'avait pu voir la silhouette dansante de Fiesole qu'il semblait remorquer.

Arrigo et Isabella priaient silencieusement quand on chuchota derrière eux :

— Ecoutez, les mômes...

Ils se retournèrent.

— Je vous veux pas de mal...

Pendant ce temps, se dissimulant parmi les tombes, Fiesole ne se trouvait bientôt plus qu'à cinq ou six mètres d'Yarrow.

— ... mais faut que vous foutiez le camp ! Où c'est chez vous ?

— Marion, dans l'Indiana.

— Alors, retournez-y et en vitesse !
— Pourquoi ?
Dès qu'il fallait discuter, l'époux de Suzy perdait pied et remplaçait son impuissance par la violence.
— Parce que je vous le dis, N... de D... !
Isabella fit la moue :
— C'est très mal de jurer devant les morts.
— Vous allez retourner dans votre pays, oui ou non !
— Il n'y a aucune raison pour qu'on vous obéisse, Monsieur — affirma Arrigo.
— Sans blague ? Et à celui-là vous ne lui obéiriez pas non plus ?
Pour effrayer les jumeaux, Lee sortit son pistolet de son holster et le brandit sous le nez des Carignagno. Soit qu'il ait cru ses jeunes compatriotes en danger, soit qu'il ait sauté sur l'occasion d'éliminer un de ceux que la rumeur publique lui avait appris être l'auteur de l'ancien massacre, Fiesole attrapa son poignard par la lame et de ce geste vif — que les Italiens enseignaient de génération en génération — le lança.
— Un conseil, les mômes : vous imaginez pas que...
A cet instant, Lee ouvrit les yeux tout grands, comme s'il venait de se produire quelque chose qui dépassait son entendement. Il tenta de pivoter sur lui-même, mais la lourde main de la mort l'en empêcha. Un flot de sang s'échappa de ses lèvres. Son regard affolé allait d'un visage à l'autre des jumeaux. On eût dit qu'il quêtait une explication. Puis, il bascula en avant et tomba le nez sur la pierre des Carignagno où son sang mit des taches claires.

Arrigo et Isabella, immobiles, contemplaient le grand corps étendu à leurs pieds. Quelques-uns de ceux qui assistaient à l'enterrement du boucher, avaient eu leur attention attirée par l'homme qui s'enfuyait à toutes jambes parmi les tombes. L'un d'eux dit que celui qui se sauvait avait dû s'en prendre aux adolescents et tous se précipitèrent. Dans le dos de Lee Yarrow, le poignard caressé par le soleil, ressemblait à une flamme.

*
* *

Le boucher demeurait seul dans la fosse qu'on avait négligé de combler. Sa femme elle-même et ses enfants l'avaient abandonné pour aller voir ce qu'il se passait chez les Italiens. On regardait le cadavre. On le reconnut. On montra le couteau, le pistolet qui n'avait pas servi. On enleva le mort de dessus la tombe et quelqu'un remarqua que le sang de Yarrow s'était répandu sur la phrase de l'Evangile qu'on avait gravée sur la pierre: « Car on vous jugera du jugement dont vous jugez, et l'on vous mesurera avec la mesure dont vous mesurez. »

Dans le silence, une femme gémit:

— Mon Dieu ! mais qu'est-ce qu'il nous arrive donc à tous ?

Le révérend avoua:

— Je ne sais pas...

La voix aiguë d'Isabella se ficha comme un dard dans la douceur de cette heure lumineuse:

— « Ils dépassent toute mesure dans le mal,
« Ils ne défendent pas la cause de l'orphelin et ils [prospèrent...
« Ils ne font pas droit aux indigents,
« Ne châtierai-je pas ces choses-là » —
dit l'Eternel.

Alors, tous ceux qui l'écoutaient, retournèrent vers le boucher en baissant la tête.

CHAPITRE V

I

Maintenant, Beltonville semblait prise d'une sorte de frénésie angoissée. On ne comprenait plus et parce qu'on ne comprenait plus, on avait peur. Les voyageurs qui ne faisaient que passer par la cité en ressentaient une impression fort désagréable et le disaient, si bien que cela revint aux oreilles du gouverneur qui, de Concord, réclama des explications au maire et au District Attorney, son gendre. Le premier répondit que tout ce que l'on racontait était très exagéré et que des règlements de comptes entre voyous s'avéraient le point de départ d'une espèce de saga dont se régalaient les mauvais esprits. Le chef de la police, alerté à son tour, déclara qu'il avait la situation bien en main. Le gouverneur en félicita Dingwall et lui affirma que si des arrestations n'avaient pas lieu très vite, la police fédérale viendrait se mêler des affaires de Beltonville. Quant à Bruce Torphins, visiblement le moins assuré des trois, il promit d'envoyer un rapport sous deux jours. A priori, il ne se montrait pas hostile à l'arrivée éventuelle des fédéraux. Ce n'était pas l'avis des autres qui commençaient à prendre les choses au sérieux. Ils auraient même eu tendance à céder, eux aussi à la panique, si Glenn Kildrummy, le stratège, ne s'était trouvé là. Jamais ils ne l'avaient écouté plus attentivement.

— Il importe surtout de ne pas perdre la tête comme tous ces imbéciles. Le meurtre de Yarrow, c'est évident, complique la situation. Le poignard dont on s'est servi pour l'abattre, et la façon dont on s'en est servi, prouvent que les Ritals sont entrés dans le jeu. Red, vous devez aller voir don Salvatore et lui démontrer que son intérêt est de nous livrer le meurtrier qu'il connaît sûrement, ou qu'il peut connaître. Alors, Tom l'arrêtera mort ou vif.

Holm chuchota :

— De préférence mort, hein ?

— Ce serait plus indiqué, en effet.

Red intervint :

— Et ces satanés gosses, de quelle façon nous en débarrasser ?

— Ils logent chez Belford.

— Celui-là ne perd rien pour attendre !

— Ne le brusquez pas, Red. Ce serait une erreur... Convainquez-le, au contraire, que le climat de Beltonville tel qu'il est devenu ne vaut rien pour les jumeaux et que le mieux pour lui et pour eux serait de les réexpédier dans l'Indiana. Tout ceci fait, il restera votre fils, Red.

— Vous ne pensez quand même pas que je vais l'éliminer ?

— Ne dites pas de sottise, mon vieux, ce n'est pas vraiment le moment. Bruce est un peu sens dessus-dessous pour l'heure. Il serait nécessaire de le surveiller de très près pour qu'il ne prenne pas une initiative malheureuse, par exemple, mettre le gouverneur de l'Etat au courant de... de la vérité.

— Encore faudrait-il qu'il l'y fût lui-même.

— C'est juste... c'est heureux.

*
* *

Lorsque Donna Torphins visitait sa belle-fille, elle le faisait toujours avec un train extraordinaire. Elle souhaitait que, voyant passer sa voiture luxueuse, ou l'en regardant descendre, chacun puisse dire : tiens, voilà Madame la Mairesse qui se rend chez l'épouse du District Attorney, son fils. Katty était habituée à ces extravagances qui l'avaient choquée dans les débuts et auxquelles, maintenant, elle ne prenait plus garde, sachant la bonne femme d'une grande simplicité d'esprit et d'une vanité devenue l'essentiel de son existence. Or, en ce début d'après-midi, Katty qui regardait par la fenêtre, s'étonna de constater qu'un taxi s'arrêtait devant sa porte et fut la plus surprise encore quand sa belle-mère s'en extirpa à grand-peine. Que pouvait signifier cette soudaine crise de modestie ? Elle n'osa pas le demander à Donna qui exécuta son entrée ordinaire, embrassa sa belle-fille, s'enquit de la santé des enfants et répondit aux questions que Katty lui posait à propos de sa santé et de celle de son mari.

— Oh ! j'ai pas mal de soucis, ma chère petite... Red est terriblement occupé, en ce moment... Des histoires avec le gouverneur à ce que j'ai cru comprendre, mais les affaires politiques ne sont pas mon fort... Par contre, je suis plus inquiète au sujet de Bruce.

— Mon Dieu ! et pourquoi ?

— Vous ne trouvez pas qu'il change ?

— Il y a quelque temps, déjà... Il se referme sur lui-même... ne parle guère, dort mal et montre toujours un front soucieux.

— Il ne vous a pas confié ce qui le tracasse ?

— J'ai l'impression qu'il a autant de confiance dans les femmes que son père.

— Hélas !... Que voulez-vous, ma chère, il faut les prendre comme ils sont... Pour en revenir à Bruce —

ceci entre nous, n'est-ce pas ? — vous devriez veiller plus étroitement sur lui.

— Je ne vois pas...

— A ne rien vous cacher, votre beau-père a le sentiment que Bruce, par souci de sa charge, par zèle intempestif, serait capable de commettre une sottise dont les conséquences n'arrangeraient personne.

— Quelle sorte de sottise ?

— Ma foi, j'ai cru deviner qu'il s'agirait d'une démarche inconsidérée à Concord, auprès de votre père... Je n'en sais pas plus...

— Mon beau-père est au courant de votre visite ?

— Bien sûr que non !

La pauvre Donna manquait tellement de conviction que Katty sut tout de suite qu'elle mentait et se persuada que Red avait envoyé sa femme pour qu'elle tentât d'obtenir que leur belle-fille fît pression sur Bruce pour l'empêcher... de faire quoi ?

Evidemment soulagée d'avoir rempli sa mission, Donna se jeta sur le café qu'on lui offrait et dévora les petits gâteaux qui lui étaient présentés. Une créature sans complexe.

*
* *

Si Katty Torphins ne saisissait pas exactement ce que sa belle-mère était venue, lui demander, il n'en était pas de même de Don qui, du premier instant, avait deviné ce que le maire sollicitait. Red aussi était venu de façon fort discrète chez le « parrain », choisissant une heure où les gars du quartier mangeaient ou faisaient la sieste. Il ne tenait pas à être vu. Il avait également pris un taxi.

— Comprenez-moi, don Salvatore... Notre intérêt à tous deux est qu'on ne réveille pas cette vieille histoire des Carignagno, mais le gouverneur se soucie peu trop de Beltonville pour mon goût... Il faut lui donner un os à ronger.

— Et vous comptez sur moi pour vous offrir cet os ?

— Oui.

— Expliquez mieux, s'il vous plaît.

— Nous savons tous que c'est un Italien qui a tué Lee Yarrow...

— Nous savons, nous savons... Vous concluez vite M. Torphins.

— Je vous en prie, don Salvatore, ce n'est pas le moment de finasser... Il faut me livrer cet assassin et on lui fera endosser le reste.

— Simplement ?

— Qu'il ait un ou plusieurs cadavres à son actif, quelle importance ? Il ne s'assiéra qu'une fois sur la chaise, hein ?

— Vu sous cet angle...

— Il n'y en a pas d'autre si nous ne tenons pas à risquer de tout perdre...

— Je ne comprends pas pourquoi vous me mettez dans le bain ? Je suis innocent de ce qu'il s'est passé jadis !

— C'est vous qui le dites !

— Mais, voyons, M. Torphins...

— Non... Tout le monde s'en sortira ou personne ! Si mes amis et moi perdons pied, vous vous noierez comme nous... en bonne compagnie, pas vrai ? Il serait préférable que tous ensemble, nous nous en sortions... Je vous ai dit le prix, à vous de décider.

L'Italien ne désirait pas donner l'impression d'accepter facilement le marché, un marché qui l'enchantait, car il était déjà au courant par Alcamo et savait que Fiesole avait tué Yarrow. Don Salvatore ne pouvait plus se débarrasser de ce Pietro sans susciter une émeute dans le quartier, mais si les Yankees se chargeaient officiellement de la besogne... Ils lui rendraient un sacré service.

— Il faut que je réfléchisse, M. Torphins.

— Pas trop longtemps, don Salvatore, parce qu'à Concord aussi on réfléchit et croyez-moi, plus on y réfléchit, plus c'est mauvais pour nous.

— Bon... Demain soir, envoyez-moi Glenn Kildrummy...

— Ici ?

— Non pas, ce serait trop dangereux... Je l'attendrai à la porte du cimetière...

— Vous n'avez pas des idées très gaies, dites donc ?

— Pensez-vous que ce soit le moment d'en avoir ?

Le Don raccompagna son hôte en le faisant sortir par la porte de la ruelle qui longeait l'arrière de la maison. Quand il réintégra son salon, il s'y heurta à sa femme qui le fixait d'un drôle d'air.

— Qu'est-ce qu'il y a, Antonina ?

— J'ai entendu ta conversation avec le maire.

— Ce n'est pas bien d'écouter aux portes.

— Tu oses encore décider de ce qui est bien et de ce qui ne l'est pas ?

— Qu'est-ce qu'il t'arrive, Nina ?

Elle secoua doucement la tête :

— Je ne t'aurais jamais cru capable de ça... Vendre un des nôtres, toi !

— Tu n'as pas compris ! Ce Fiesole me rend l'existence impossible et, de plus, c'est un criminel !

— Pas une raison pour devenir l'assistant du bourreau, Salvatore.

— Tu m'ennuies, à la fin !

— Tu sais qu'il a une mère, Fiesole ?

— Et puis après ?

— Une mère dont il est l'unique soutien ?

— Elle n'avait qu'à mieux l'élever !

— Parce que ta mère t'a bien élevé, toi ? Toi qui, à 18

ans, avais déjà tué un homme ? et qui n'as pas cessé depuis d'assassiner par personne interposée, de piller, de rançonner ? Sur quoi donc elle est bâtie notre fortune, Salvatore, sinon sur le sang, les larmes et l'injustice ? Il te manquait de trahir et tu t'apprêtes à le faire...

— Je ne t'ai jamais frappée, Antonina, mais si tu ne te tais pas...

— Tu peux me forcer à me taire, mais de quelle façon imposeras-tu silence à celle qui viendra te tenir compagnie lorsque tu seras sur le point de mourir ? Tu te réserves une agonie pénible, Salvatore... et à cette heure où tout le monde a peur, tu auras encore plus peur que les autres, car en dépit du prêtre, tu sauras que tu ne pourras pas espérer un pardon.

Il la gifla durement et elle eut un peu de sang sur les lèvres. Elle se contenta de murmurer :

— La première fois, Salvatore... et la dernière, je rentre au pays.

— Tu es complètement folle !

— Je ne veux pas perdre ma part de paradis à cause de toi !

— Trop tard !

— Non ! J'ai encore le temps de me repentir !

— Imbécile !

Elle se réfugia dans sa chambre. Le Don, hors de lui, ne parvenait pas à se calmer. L'idiote ! La stupide créature avec ses remords tardifs ! Les femmes veulent décider sans rien comprendre ! Comment pourrait-il agir autrement qu'il s'apprêtait à le faire ? Ne pas livrer Fiesole, c'était se perdre avec le maire et sa bande. Don Salvatore ne voulait pas mourir en prison, ou alors à quoi cela lui aurait-il servi d'accumuler tous ces dollars entassés dans ses deux coffres et qui y dormaient.

*
* *

Malgré la parole donnée à sa belle-mère, Katty qui avait longuement observé son mari pendant le dîner et s'était effrayée de son visage creusé par le souci, ne put tenir de lui rapporter la visite qu'elle avait reçue. Bruce en témoigna de l'humeur, affirmant qu'il était assez grand garçon pour n'avoir nul besoin d'être surveillé par ses parents. Peu à peu, au fur et à mesure qu'il exprimait ses plaintes, il s'échauffa et finit par avouer qu'il comprenait les tentatives de son père sans, toutefois, en deviner le but. En quoi cela pouvait-il l'intéresser qu'il poursuive des truands qui s'étaient entretués ? Pour quelle raison se serait-il offusqué de ce que le District Attorney voulût châtier ceux qui troublaient l'ordre dans Beltonville ? Qu'avait-il à craindre de la vérité sur les derniers meurtres qui venaient d'entacher la réputation de la cité ? Bruce devait-il, à seule fin de satisfaire son père, compromettre sa carrière en se brouillant avec son beau-père, le gouverneur de l'Etat ? Pourtant, ce n'était pas ces questions qui troublaient le plus le District Attorney, mais l'avertissement de Gravesend lui annonçant qu'il aurait besoin de beaucoup de courage en vue de mener sa tâche jusqu'au bout. Il se sentait humilié de ce que cet ivrogne ait pu penser qu'il en manquerait.

— Voyez-vous, chérie, je suis, en ce moment, pareil au hanneton enfermé par mégarde, dans une chambre. Il voit le jour, il devine la liberté, mais rencontre sans cesse un obstacle dont il ignore la nature, sur le chemin de son évasion. Moi aussi, je me heurte à des obstacles dont je ne sais rien, sinon qu'ils révèlent une évidente mauvaise volonté de la part de ceux dont je suis en droit, cependant, de tout attendre : mon père, Kildrummy, Dingwall et Holm. Pourquoi ?

— Ce n'est pas moi qui peux vous répondre, Bruce.

— Je sais bien, ma chérie, mais cette espèce de conspiration qui m'environne, me paralyse, m'indique la limite exacte de mes possibilités. Elles sont faibles, très faibles. Mais je ne me laisserai pas mener par le bout du nez et je vous jure, Katty, que si l'on veut m'empêcher de faire mon devoir, j'appellerai votre père à l'aide. Les Fédéraux ne se soucieront de personne, eux, pour nettoyer Beltonville.

— Puis-je vous aider, Bruce ?

— En me gardant votre confiance, chérie.

— Voyons, mon aimé, pour quelles raisons n'aurais-je plus confiance en vous ?

Il avoua :

— Parce que, moi-même, je n'ai plus tellement confiance en moi... en personne, d'ailleurs... Katty, mon amour, j'ai le sentiment de côtoyer un précipice où le moindre faux pas pourrait me précipiter et j'avance, un bandeau sur les yeux !

Désespéré, il s'exclama :

— Comment voulez-vous que je m'en sorte ?

Dans ces moments-là, Katty se sentait plus mère que femme. Elle avait toujours su que son mari n'était pas de taille à surmonter de trop grosses difficultés. Et maintenant qu'elle se trouvait dans la situation maintes fois évoquée, maintes fois étudiée, elle ne savait que décider. Elle se leva, passa derrière son époux, mit sa main sur son front, et lui murmura à l'oreille :

— Calmez-vous, Bruce, détendez-vous... Vous ne devez pas douter de vous. Je suis convaincue que personne à Beltonville, n'est capable de vous obliger à prendre une route que vous ne voudriez pas prendre.

— C'est vrai, Katty ? Vous le pensez vraiment ?

— Vraiment, mon chéri... Au surplus, si cela devenait trop difficile pour quelqu'un qui débute à peine dans le métier, souvenez-vous que mon père n'attend qu'un appel de votre part...

— Je voudrais tant réussir seul !

— Alors, si vous le voulez vraiment, je ne me fais plus de souci et vous n'avez plus, vous, à vous en faire.

*
* *

Red Torphins avait besoin de se rappeler les recommandations de Glenn pour ne point s'emporter, tant l'obstination, l'entêtement de Glem Belford l'irritaient. Pour la dixième fois peut-être, il reprenait son argumentation :

— Mais enfin, Clem, vous vous doutez bien que je ne leur veux pas de mal à ces gosses, au contraire ! C'est dans leur intérêt que je souhaiterais les voir retourner dans l'Indiana. Tenez, j'irai jusqu'à payer leur voyage ! Qu'est-ce que vous en dites ?

— Ils ne sont pas faciles à commander...

— Allons donc !

— Croyez-moi, Monsieur le Maire, si je vous affirme qu'ils ne ressemblent à personne... J'ignore qui ils sont, vraiment... Devant eux, je me sens nu... Je n'ose pas mentir... Quand leur regard se pose sur vous, on ressent une drôle d'impression... On pourrait penser qu'ils arrivent d'un autre monde.

— L'Indiana n'est pas dans l'autre monde, j'imagine ?

— Sans doute, mais il y a dix ans, ils ont pratiquement mis un pied de l'autre côté... J'ai la conviction qu'ils en ont été marqués pour le reste de leurs jours.

— Dites donc, Clem, ça ne vous ressemble pas de tenir des propos pareils ou alors, vous avez beaucoup changé.

— C'est possible, Monsieur le Maire.

— A cause des jumeaux ?

— Peut-être.

— Alors, Clem, d'après ce qu'ils paraissent avoir fait de vous, jugez de ce que peut penser la population de

Beltonville ! Il suffirait qu'un imbécile soufflât sur la braise — comme ce malheureux Gravesend — et vos protégés risqueraient de passer un mauvais quart d'heure ! Même dans la dernière partie du XXe siècle, il y a encore des gens pour croire aux sorciers et vouloir les brûler.

— A mon avis, Monsieur le Maire, on a plus de chance d'être abattu d'une balle, à Beltonville, que de monter sur un bûcher. Enfin, je tâcherai, une fois de plus, de les convaincre, car ma sœur et moi, malgré toute l'affection que nous leur portons, nous ne serions pas fâchés de les voir s'éloigner, mais n'y comptez pas trop.

— Dites-leur que c'est moi qui le leur demande.

— Surtout pas !

— Pourquoi ?

Clem prit son temps et, détachant bien ses mots :

— Parce qu'ils sont persuadés — comme beaucoup dans cette ville — que c'est vous qui avez fait massacrer leurs parents.

*
* *

Dans le silence du confessionnal, Antonina chuchota :

— Mon père, j'ai besoin de votre aide.

— Elle vous est acquise, mon enfant.

— J'ai une terrible décision à prendre.

— Demandez à Dieu de vous éclairer.

— Je n'ai, hélas ! pas le temps d'attendre...

— Alors, je vous écoute.

— Mon père, si je devais choisir entre sauver la vie de mon mari et perdre son âme, ou sauver son âme et le laisser mourir, que devrais-je faire ?

— Voilà une question très embarrassante pour un pauvre bonhomme de prêtre, ma fille. Etes-vous certaine de ne pas exagérer ?

— Non. Ce soir, mon mari mourra et sauvera peut-être son salut éternel ou un autre mourra à sa place et mon époux sera damné pour l'éternité.

— Ne croyez-vous pas que la police... ?

— La police, mon père ? Mais elle est d'accord avec mon mari !

Le curé savait assez ce qu'il en était des policiers de Beltonville pour se montrer incrédule.

— Ma pauvre enfant, voilà une dure épreuve que vous envoie le Seigneur... Vous aimez votre compagnon ?

— Oh ! oui !

— Mais... vous ne l'estimez pas !

— Je ne l'estime plus depuis que l'amour de l'argent lui a desséché le cœur !

— Et il faut absolument que quelqu'un meure dans cette affaire ?

— Sans doute, puisqu'ils en ont ainsi décidé.

— Qui ?

— Mon mari et le maire.

— Comment êtes-vous au courant ?

— J'ai écouté derrière la porte.

— Etes-vous sûre d'avoir parfaitement compris ?

— Je m'en suis expliquée avec mon époux. J'ai malheureusement compris ce qu'ils avaient décidé. Il me l'a confirmé.

— Prions, voulez-vous ?

Quand ils eurent récité, avec ferveur, bien des Pater et bien des Ave, le prêtre murmura :

— Votre problème me dépasse, ma fille. Je ne suis décidément pas en état de vous conseiller. Pardonnez-moi, mais je ne suis qu'un humble desservant d'une paroisse italienne sur une terre étrangère... Il faudrait que j'aie le temps d'en référer à l'évêque et d'après ce que vous m'avez confié, je ne l'ai pas.

— Non.

— Dans ce cas, ma pauvre enfant, priez jusqu'à la

dernière minute, la dernière seconde, et souhaitons ensemble que Dieu ou sa Sainte Mère se porte à votre secours. Je ne puis vous dire rien de plus.

Le curé entrebâilla légèrement la porte du confessionnal pour regarder s'éloigner Antonina et se demanda quelle nouvelle diablerie avait inventée ce monstre de don Salvatore.

En sortant de l'Eglise, Antonina avait décidé ce qu'elle devait faire. Profondément pieuse, elle estimait que la seule chose qui comptait par-dessus tout, c'était d'obtenir la pitié de l'Eternel et Son pardon lorsque les trompettes du Jugement Dernier résonneraient dans la vallée de Josaphat. Demeurer aux côtés d'un Salvatore purifié par l'air du Paradis et pendant l'éternité, s'affirmait son espérance de tous les instants, surtout depuis qu'elle vieillissait. Et tant pis si, pour connaître ce bonheur sans fin, il lui fallait passer par la porte étroite de la douleur et de la honte.

Rasant les murs, le visage dissimulé derrière une écharpe, l'épouse du Don se dirigea d'un pas ferme vers la maison où logeait Pietro Fiesole.

*
* *

Glenn Kildrummy était un homme intelligent et pourri. Fils de pauvres gens, très tôt il décida de s'évader de son milieu et par n'importe quel moyen. Pas assez appliqué pour réussir par les études, il trouva sa chance le jour où il rencontra un politicien de faible envergure, mais de grande ambition, Red torphins. Les deux hommes eurent vite fait de s'apprécier. Contrairement à Red, Glenn méprisait la gloriole, les honneurs, les préséances. Il n'aimait que les femmes et le jeu. Les deux complices s'entendirent parfaitement: Torphins poursuivait une brillante carrière qui lui vaudrait la considération du plus grand nombre, tandis que Kildrummy resterait dans l'ombre et mènerait la discrète existence de ses rêves. L'association de ces deux fripouilles durait depuis près d'un quart de siècle. Ils n'avaient jamais eu à se plaindre l'un de l'autre et se demeuraient mutuellement fidèles.

Après avoir écouté Red lui faire le récit de son entrevue avec le Don, Glenn ne put se tenir de rire.

— J'ai l'impression que le Salvatore tremble dans ses culottes, hein ? Je suis persuadé qu'il va nous livrer un des siens pour assurer sa tranquillité et la nôtre... Je me demande qui il va prendre, ce vieux Judas ?

— On s'en fout ! L'essentiel est de nous mettre à l'abri en livrant un type à l'opinion publique. Mon Attorney de fils marchera comme un seul homme et quand on aura expédié le Rital sur la chaise, on aura enfin la paix et pour un bon bout de temps. Le tout c'est que le Don ne nous fasse pas cadeau d'un gars qui — il y a dix ans — n'aurait pas été en âge d'abattre les Carignagno.

— Ne vous bilez pas pour ça, Red. Le « parrain » n'est peut-être pas bien intelligent, mais c'est un futé et la peur aiguisera ses facultés intellectuelles. Quelle heure est-il ?

— Neuf heures. Le rendez-vous est à dix heures trente.

— Bon. Je passe chez moi pour prendre un pull-over, la nuit semble devoir être fraîche, et mon pistolet.

— Croyez-vous que ce soit utile ?

— Une très ancienne habitude, Red, et dont je n'ai toujours eu qu'à me féliciter.

— Vous faites arrêter l'homme cette nuit ?

— Je pense que c'est le mieux.

— Je vais demander à Dingwall et à Holm d'attendre votre appel dans leur bureau. Ils m'avertiront lorsque ce sera terminé, pour qu'à mon tour, je prévienne mon fils.

*
* *

Glenn arrêta la voiture de louage qu'il utilisait (il ne tenait pas à ce qu'un passant reconnaisse sa propre auto) environ huit cents mètres avant le cimetière et il entreprit la longue montée conduisant au champ de repos, d'une allure paisible. Contrairement à ce qu'il avait imaginé, la nuit était douce. Au fur et à mesure que Kildrummy s'élevait, les lumières de Beltonville semblaient se grouper derrière lui comme pour lui assurer une fantastique escorte. De temps à autre, Glenn s'arrêtait, se retournait et éprouvait un sentiment de puissance qui lui gonflait la poitrine. A travers la personne épaisse de Red Torphins qu'il manœuvrait à sa guise, il était le vrai maître de la cité et ce ne sont pas les scrupules hésitants d'un médiocre petit Attorney qui l'obligeraient à lâcher prise. Kildrummy se croyait assez fort pour rouler tout le monde, y compris le gouverneur de l'Etat et même les Fédéraux, le cas échéant.

Un peu avant d'arriver à la porte du cimetière, Glenn entendit une espèce de chuintement. Il eut l'impression qu'on l'épiait et que l'observateur avançait en marchant dans l'herbe des bas-côtés sans prendre trop de précautions. Kildrummy s'arrêta, sortit son pistolet et demanda :

— Il y a quelqu'un ?

Quelques secondes passèrent, puis dans un murmure, on s'enquit :

— Glenn Kildrummy ?

— Oui. Pourquoi ?

— On vous attend.

— Montrez-vous !

Lorsque l'autre ne fut plus qu'à deux mètres de lui, Glenn ne le reconnut pas. Un homme jeune, brun, typiquement de sang latin et âgé d'une trentaine d'années.

— Qui êtes-vous ?

— Pietro Fiesole, garde-du-corps de don Salvatore.

C'était donc ça ! Le « parrain » s'était fait accompagner de crainte de mauvaises rencontres, sans doute. Rassuré, Kildrummy remit son arme dans sa poche.

— Où est-il ?

— A l'entrée de la deuxième allée sur votre droite. Je reste au cas où quelqu'un... Je sifflerai deux fois, des coups très courts.

— D'accord.

Glenn se remit à grimper. Il avait emporté une lampe de poche, mais il ne tenait pas à s'en servir pour ne pas attirer l'attention. A l'entrée de la deuxième allée, il appela à mi-voix :

— Don Salvatore ?

On ne répondit pas. L'adjoint au maire avança et faillit trébucher sur un obstacle qu'il n'avait pas deviné dans l'ombre. Il eut recours à sa lampe et poussa une exclamation en comprenant qu'il avait buté contre les jambes d'un homme étalé sur le sol. Le rayon lumineux remonta jusqu'au visage du Don. Le « parrain » arborait une sorte de sourire triste. Au sang qui innondait sa poitrine, Kildrummy pensa qu'on avait dû l'égorger. Au même instant, il réalisa qu'il était lui aussi en danger. Il se releva d'un bond, tourna le dos au cadavre et une douleur atroce lui déchira la poitrine. Il mourut avant de savoir qui l'avait frappé. Cette fois, Fiesole prit soin de reprendre son couteau après en avoir essuyé la lame aux vêtements de Glenn.

*
* *

Red Torphins avait fini par s'endormir. De violents coups de sonnette l'arrachèrent à un sommeil agité. Il entendit sa femme se lever dans la chambre jouxtant la sienne. Quelques secondes plus tard, elle apparaissait dans sa robe de nuit sur laquelle elle avait hâtivement jeté une robe de chambre et annonçait :

— Red... Dingwall et Holm veulent te parler... A trois heures du matin !

— Fais-les entrer !

— Ici ? dans ta chambre ?

— Fais-les entrer, N... de D... !

Quand les policiers s'approchèrent de son lit, rien qu'en regardant leurs visages, le maire sut qu'un malheur était arrivé. Il s'efforça de garder son calme :

— Alors, Tom ?

— Il y a une demi-heure, Glenn n'ayant toujours pas téléphoné, nous nous sommes rendus au cimetière pour voir ce qu'il en était... Un sacré coup dur, Red.

— Parlez, bon sang !

— Le Don et Glenn...

Holm acheva l'explication :

— ... morts.

Red bondit de son lit :

— Qu'est-ce que vous dites !

— Ils sont tombés dans un piège. On les a tués au couteau.

Holm remarqua avec douceur :

— Quelqu'un a dû apprendre votre combine avec le Don, Red.

L'œil fixe, la voix atone, Torphins répliqua :

— Notre entretien fut sans témoin.

— Qu'en savez-vous ?

Dingwall précisa :

— Vous ne pouviez regarder derrière les portes.

Le maire n'avait plus envie de discuter. Il congédia ses vieux complices sur un : « On verra demain... » qui leur donna à penser qu'il serait difficile, désormais, de compter sur Red Torphins. Dans l'instant qui suivit le départ des policiers, Red se sentit anéanti, incapable du moindre geste et encore plus de mettre deux idées bout à bout. A sa femme venue s'enquérir de ce qui avait motivé une visite aussi matinale, Red répondit :

— Glenn est mort...

— Mort !

— On l'a tué avec don Salvatore.

Epouvantée, Donna constata que son mari pleurait. C'était la première fois.

II

Contrairement à ce qu'on aurait pu croire, ces deux nouveaux meurtres ne soulevèrent pas une émotion énorme à Beltonville. L'opinion se résignait à cette farandole de morts violentes et commençait à supputer qui pourraient bien être les prochaines victimes. Certains, même, offraient de discrets paris. Toutefois, il y avait des gens que les assassinats du Don et de l'adjoint au maire ne laissaient pas indifférents. D'abord, Bruce, Torphins. Les nouvelles de la nuit, apprises au réveil, l'avaient littéralement assommé. Sa femme eut toutes les peines du monde à l'obliger à prendre un breakfast. Le District Attorney s'estimait au-dessous de sa tâche et voulait envoyer sa démission à Concord. Katty dut beaucoup parlementer pour le convaincre de patienter jusqu'au surlendemain afin de se donner le temps de réfléchir, de se concerter avec son père et le chef de la police. Ensuite, les policiers commençaient à se demander si le tueur anonyme ne les avait pas inscrits sur son carnet. Puis Saguache et Gifford en lisant le « Reccord » (lequel s'en donnait à cœur-joie) eurent du mal à avaler leur café. Pour eux, il ne faisait pas de doute que quelqu'un avait entrepris d'éliminer tous ceux qui, de près ou de loin, avaient matériellement ou moralement participé au massacre des Carignagno. Parce qu'il était marié, Gifford avait encore moins le goût du risque que son copain :

— Vous ne pensez pas, Randolph, qu'il serait temps de filer ?

— Avec quoi ?

— Avec notre peau, mon vieux.

— Partez si vous le voulez, Frank. Moi, je ne quitterai pas Beltonville avant d'avoir vengé Oban et Yarrow.

*
* *

Dans son lit, Gravesend, qui se remettait peu à peu de la terrible râclée reçue, savourait les sanglantes nouvelles et recommandait à son directeur ayant repris goût au métier de journaliste, de ne pas oublier — en vue de frapper le lecteur — de faire allusion aux jumeaux et à leurs prophéties touchant la moisson sanglante couchée par la faux de l'Eternel. Ainsi, le « Record » donnait à la vulgarité des meurtres commis à Beltonville une aura de mystère sacré, excellent pour le commerce.

Enfin, Pietro Alcamo demeurait désemparé devant le fait qu'il devrait désormais vivre seul, sans obéir. La perspective de prendre des décisions l'épouvantait. Il en avait depuis si longtemps perdu l'habitude... Dans le quartier italien, la brutale disparition du Don avait suscité un certain émoi, mais la campagne menée contre lui par Fiesole et ses amis atténuait pas mal de regrets. De plus, son décès étrange en compagnie de l'âme damnée de Red Torphins jetait un jour douteux sur les circontances de sa mort. Quant à la veuve, Antonina — contrairement à la coutume — elle avait fermé sa porte. Elle ne recevait personne, sauf le padre, mais déjà on savait son désir d'abondonner Beltonville et de regagner l'Italie.

*
* *

Chez les Belford, on semblait décidé à ignorer ce qu'il

se passait à Beltonville. Clem vivait dans l'angoisse de ce que l'on pourrait tenter contre les adolescents dont il assumait momentanément la charge. Il avait bien essayé de leur dire qu'ils devraient peut-être retourner à Marion de crainte qu'il leur arrivât quelque chose de fâcheux, mais en vain. Arrigo expliquait :

— Pourquoi, oncle Clem, supposez-vous qu'on nous veuille du mal ? Nous n'avons causé de tort à personne. Pour repartir, nous attendrons que tante Josefa nous rappelle.

Alors, le policier retraité et sa sœur laissaient les jumeaux agir à leur guise. Que pouvaient-ils décider d'autre ?

Le temps était splendide en ce jeudi et Arrigo déclara que sa sœur et lui allaient se promener au parc. Ils s'y rendirent suffisamment tôt pour que tous les bancs ne fussent pas encore occupés par de vieilles dames tricoteuses, par de vieux messieurs perdus dans des rêveries sans fin, en ruminant du chewin-gum et par de jeunes mamans qui, de temps en temps, levaient les yeux de leur roman ultra-sentimental pour surveiller une progéniture, aussi aventureuse que querelleuse. Les jumeaux s'installèrent sur un banc abrité par un sycomore géant à l'extrémité N.-O. du parc.

Le hasard voulut que Katty Torphins résolût, ce jour-là, de se rendre elle aussi au parc avec ses enfants. Parce qu'elle n'était pas d'humeur à bavarder avec qui que ce soit, elle voulut aller s'asseoir sur le banc du sycomore, trop à la limite du parc pour que les enfants aimassent à y venir jouer. Elle eut une moue de dépit en constatant qu'il était déjà occupé. Katty s'apprêtait à rebrousser chemin lorsqu'elle reconnut les occupants de l'endroit qu'elle avait souhaité occuper seule. Sa curiosité l'emporta et elle se proposa de lier conversation avec les jumeaux. Elle désirait passionnément savoir ce qu'étaient ces très jeunes gens, pourquoi ils se trouvaient à Beltonville et s'ils avaient conscience du trouble causé par leur présence.

— Puis-je m'asseoir ?

Arrigo se leva et, courtois :

— Je vous en prie, Madame.

— Merci.

Une fois installée, elle abandonna ses petits à leurs jeux et feignit de s'occuper à un ouvrage de broderie. En vérité, elle examinait le jeune homme assis à son côté et le trouva d'une grande finesse de traits, avec un quelque chose d'irréel qu'elle ne sut définir. La jeune fille était belle aussi, mais d'une beauté austère. On eût dit que rien ne pourrait amener un sourire sur ses lèvres minces. Katty s'avouait assez impressionné par ce couple étrange et comprenait, sans en deviner les raisons, que les gens de Beltonville fussent gênés en leur présence, tellement ils s'affirmaient différents du premier abord.

Katty ne pouvait admettre que ces enfants soient la cause de la fièvre agitant Beltonville, de la série de meurtre venant d'ensanglanter la cité et, par voie de conséquences, qu'elle, Katty, leur soit redevable de l'angoisse de son mari. La jeune femme, au fur et à mesure que passaient les jours, commençait à se détacher d'un époux qu'elle devait constamment prendre en charge. Dans leur ménage, les rôles étaient inversés. C'était elle qui apportait aide et assistance à celui qui s'était engagé à la protéger. De plus, les parents de celle qui avait été Katty Carbondale s'inquiétaient et la harcelaient de lettres et de coups de téléphone. Son père, devenu gouverneur du New Hampshire, s'emportait contre son gendre et menaçait sa fille de ne pouvoir supporter plus longtemps une incapacité qui éclatait au vu et su de chacun. Pourquoi n'arrêtait-il pas les coupables ? Pour quelles raisons ne parvenait-il pas à s'imposer à la police de Beltonville ? Sous prétexte qu'il était le fils du maire, allait-il prendre ses ordres à la mairie ? Que signifiait cette campagne du « Record » ? Pourquoi ne l'attaquait-on pas en diffamation ? Qui avait peur et de quoi ?

Katty sourit à Arrigo qui, justement, la regardait.

— J'espère que ma présence ne vous dérange pas ?

— Mais pas du tout, Madame.

— Je n'en suis pas sûre... Depuis que je suis arrivée, vous n'avez pas échangé un seul mot avec votre jolie compagne.

Le garçon sourit.

— Ma sœur et moi, Madame, nous comprenons sans avoir besoin de parler.

— C'est merveilleux ! Vous ne vous quittez jamais ?

— Jamais. Nous sommes jumeaux.

La curiosité de Katty cédait à cette sorte de gêne éprouvée lorsqu'on se trouve en présence d'une anomalie qui trouble les certitudes enseignées. Elle essaya de plaisanter pour dissiper le malaise qui l'envahissait.

— On pourrait presque supposer que vous êtes un en deux ?

Arrigo la regarda et dit :

— C'est cela, Madame... Exactement cela.

— Et il en a toujours été ainsi ?

— Toujours.

Ne sachant quoi ajouter, Mrs Torphins junior se lança dans les banalités :

— Nous avons une véritable journée d'été, n'est-ce pas ?

Avant que le garçon n'ait répondu, Isabella déclara :

— Il doit faire beau...

Arrigo continua la phrase comme si c'était lui qui en avait prononcé la première période :

— ... à Marion et tante Josefa...

La jeune fille prit le relais :

— ... se promène, sans doute dans le jardin.

Impressionnée, Katty crut n'avoir entendu qu'une

seule voix. Cette fusion quasi totale des deux adolescents la mettait en contact avec un univers ignoré et qui l'effrayait quelque peu. Elle fut sur le point d'appeler ses enfants et de se retirer, mais elle se sentait poussée à poursuivre son interrogatoire :

— Je ne crois pas que vous soyez de Beltonville ?

— Si, mais nous en sommes partis il y a une dizaine d'années.

Katty frissonna. Cette réplique d'Arrigo l'approchait du drame ancien.

— Vous y êtes revenus pour visiter vos parents ?

— Dans un sens, oui, et aussi en pèlerinage... Nous avons pas mal des nôtres au cimetière, Madame.

— Pardonnez-moi, mais je pensais... à voir vos visages pâlots que vous aviez été malades et que vous étiez à Beltonville pour changer d'air.

Isabella expliqua :

— Nous sommes, en effet, malades, Arrigo et moi, d'une maladie que personne ne peut guérir et nous savons que nous allons bientôt mourir tous les deux.

— Vous ne devez pas dire ça !

Elle la regarda, surprise :

— Pourquoi, puisque c'est la vérité ?

— Mais enfin, pour quelles raisons mourriez-vous tous les deux ?

— Parce que nous ne pouvons pas vivre l'un sans l'autre, Madame.

La jeune femme, les larmes aux yeux, attrapa la main d'Isabella et l'obligea à s'asseoir à côté d'elle, si bien que Katty, maintenant, était encadrée par les jumeaux.

— Voyons, il n'y a pas de maladie que l'on ne puisse soigner de nos jours !

Isabella secoua la tête.

— Pas la nôtre, Madame.

— Et quelle est-elle donc si ce n'est pas trop indiscret ?

Mrs Torphins junior ne devait jamais oublier le regard transparent, quasi laiteux que l'adolescente fixait sur elle :

— Parce que nous sommes déjà morts, Madame.

Katty en resta bouche bée durant quelques secondes, ce qui donna à Arrigo le temps d'intervenir :

— Il y a dix ans, nous avons échappé à la mort par miracle... Du moins, on pensait lui avoir échappé... Or, elle nous avait touchés... Nous lui appartenions, vous comprenez, Madame ?... Elle attend qu'on la rejoigne... Cela ne saurait beaucoup tarder. Chaque jour un peu plus, Isabella et moi la sentons qui s'installe en nous.

L'épouse de Bruce s'écarta de cet entretien où elle avait perdu pied, grâce à ses enfants qui vinrent se blottir contre elle et elle serra convulsivement sur sa poitrine ces petites vies chaudes l'arrachant à l'angoisse où elle sombrait depuis le moment où elle avait eu la malencontreuse idée d'entamer une conversation avec les jumeaux. Elle demanda sans vraiment penser à ce qu'elle disait :

— Vous avez d'autres frères, d'autres sœurs ?

— Nous avions un frère aîné Anselmo, une grande sœur Gelsomina et une qui n'avait que quatre ans de plus que nous, Luisa.

La jeune femme éprouva le sentiment d'avoir la poitrine serrée dans un étau. Elle savait qu'elle atteignait le but qu'elle s'était confusément fixé en parlant aux jumeaux et sans en deviner exactement les raisons, elle avait peur. Cependant, plus rien ne pouvait l'arrêter désormais.

— Vous... vous les avez perdus ?

Arrigo expliqua avec froideur :

— On les a tués, Madame.

— Tués !

Aussi glacée que son frère, Isabella expliqua :

— On les a tués, Madame, en même temps que notre mère, notre père, notre oncle et notre grand-mère.

— Mais, c'est affreux !

— Oui, Madame.

— Et vous avez le courage de revenir dans ce pays où l'on vous a fait tant de mal ?

— Nous sommes venus, Madame, parce que l'heure de la grande moisson a sonné.

— Quelle moisson ?

— Celle où l'Eternel couche les épis avec sa grande faux... Déjà des gerbes sont tombées et personne ne les a ramassées.

Katty croyait vivre un cauchemar où elle n'aurait plus compris les mots de tous les jours. Elle s'efforçait de lutter pour se maintenir à flot.

— Des gerbes sont tombées ?

— Ray Oban... Lee Yarrow... Don Salvatore... Glenn Kildrummy...

— Pourquoi, eux ?

— Parce qu'ils étaient responsables du massacre de notre famille, les Carignagno... D'autres tomberont encore...

— Comment pouvez-vous le savoir ?

— Nous le savons.

— Dans ce cas, vous devez connaître les gens qui les ont abattus ?

— Ils se sont tués entre eux, Madame, car les méchants se battent toujours entre eux quand s'abat la main de l'Eternel.

Sur ce, Isabella se leva, aussitôt imitée par son frère.

— Maintenant, nous devons rentrer.

— On vous attend ?

— Non, mais c'est l'heure où chaque jour nous lisons quelques versets de la bible. Au revoir, Madame.

— Ecoutez... Vous ne m'avez pas dit... On ne déclenche pas un pareil massacre sans raison... Pourquoi a-t-on tué les vôtres ?

— Notre sœur aînée, Gelsomina, était enceinte... sans être mariée. Notre père, très en colère, a été trouver Mr Torphins le maire... qui l'a envoyé promener... Il a appelé au secours don Salvatore, notre « parrain » à tous, mais celui-ci ne voulait pas se brouiller avec Mr Torphins et il n'a rien voulu faire pour nous... Alors, notre père a déclaré qu'il se vengerait... C'est pour ça qu'ils sont venus à quatre, une nuit... C'était la fête de maman... Arrigo et moi, on nous avait envoyés au lit, mais nous étions redescendus et, assis sur les marches de l'escalier qui menait aux chambres nous les regardions s'amuser... Nous les avons tous vu mourir et Gelsomina qui avait mis ses mains sur son ventre pour protéger son bébé... Ils les ont tués tous les deux... Ils ne se sont pas doutés de notre présence...

— Quelle horreur !... et la police n'a pas pu retrouver les meurtriers ?

— Notre tante Josefa affirme que c'est justement la police qui les avait envoyés.

— La police !

— Oui, Madame.

— C'est insensé ! Pourquoi aurait-elle agi de la sorte ?

— Parce qu'elle voulait rendre service au maire.

— Mais enfin, en quoi le maire...

— Son fils, Bruce, était le père du bébé de Gelsomina... Au revoir, Madame.

*
* *

Prostrée sur son banc, Katty ne répondait pas aux sollicitations de ses enfants, irrités et inquiets de son immobilité. Ils étaient encore des bébés et ne pouvaient deviner que leur maman se trouvait en proie à un désarroi qui annihilait sa volonté. Elle aurait voulu leur répondre, les apaiser et elle ne parvenait pas à émerger de son engourdissement physique et moral. Son esprit était obsédé par une seule phrase qui battait au rythme de son cœur et l'emplissait tout entier : « ... Bruce était le père du bébé de Gelsomina... Bruce était le père du bébé de Gelsomina... Bruce était le père du bébé de Gelsomina... » Elle portait ses poings fermés à ses tempes pour tenter d'interrompre l'obsession. Elle se cabrait pour ne pas permettre à une vilaine idée de s'incruster en elle : Gelsomina était morte à cause de Bruce. Ce n'était pas vrai ! ça ne pouvait pas être vrai ! D'ailleurs, Bruce aurait été incapable d'un geste pareil ! Pauvres excuses qui ne la trompaient pas. D'autres avaient agi pour le compte du fils du maire, pour l'empêcher de se mésallier, pour lui permettre d'épouser la fille du gouverneur qui assurerait la carrière de son gendre ! Red Torphins, devant qui Bruce tremblait toujours, avait dû manigancer cette horrible chose... Maintenant, Katty comprenait l'angoisse de son mari. Il savait que c'était à cause de lui qu'on avait massacré les Carignagno et il n'aboutissait pas dans son enquête parce que les coupables, s'il fallait en croire les jumeaux, étaient ceux-là même qui étaient supposés les découvrir et les arrêter ! Katty devinait encore le sens de la démarche de sa belle-mère pour qu'elle fît pression sur son mari. Il ne fallait pas que Bruce réveillât la vieille histoire qui unissait les maîtres de Beltonville par des liens sanglants. Mais le fait qu'ils puissent craindre les initiatives de Bruce ne prouvait-il pas son innocence ? Après tout, pourquoi croire aveuglément ces deux enfants anormaux ? Ils vivaient, sans doute depuis des années dans la hantise du drame d'autrefois qui les avait marqués et sur ces souvenirs abominables, ils avaient bâti une aventure incroyable. Bruce avait reconnu avoir flirté avec cette Italienne, mais le connaissant comme elle le connaissait, Katty se persuadait qu'il n'eût pas fui son devoir, le cas échéant.

Toutefois, aurait-il montré la volonté nécessaire pour résister à son père ? Elle voulait savoir si elle était l'épouse ou la belle-fille d'un assassin, ou plus simplement une naïve qui avait succombé au charme étrange de deux enfants hors du commun.

A qui s'adresser ? Qui oserait lui révéler la vérité au cas où les Torphins seraient coupables ? Elle passa en revue les gens qu'elle connaissait. Elle n'en vit aucun à qui elle pourrait demander de la renseigner. Et puis, elle pensa à Antonina, la veuve du Don. Rien ne l'empêchait d'aller la visiter pour lui présenter ses condoléances et une fois auprès d'elle, elle l'interrogerait et peut-être l'Italienne répondrait-elle à ses questions ?

*
* *

Parce que Katty était la femme du District Attorney, Antonina avait accepté de la recevoir. Dans le salon où la glace était voilée par un morceau d'étoffe, la veuve se tenait très droite, très raide sur son fauteuil et regardait sans bienveillance sa visiteuse. Elle n'ignorait pas qu'elle était la belle-fille de celui qui avait voulu conduire son mari sur le chemin de la trahison et l'avait, de ce fait, envoyé à la mort. Elle interrompit tout de suite Katty qui se perdait dans les condoléances :

— Salvatore ne doit pas être plaint car il a payé très cher le droit de goûter le silence et le repos éternels. Moi-même, j'ai payé encore plus cher pour l'aider dans cet ultime effort... Pourquoi êtes-vous venue me voir, Madame ?

— Pour vous prier de m'éclairer sur un point de l'histoire de Beltonville...

— Je suis fort ignorante, vous savez.

Mrs Torphins junior rapporta sa conversation avec les jumeaux et conclut en disant :

— Mrs Busselo, je vous en conjure, apprenez-moi

la vérité ? Gelsomina Carignagno était-elle vraiment enceinte de Bruce Torphins, mon mari aujourd'hui ?

Elle inspirait quelque pitié à Antonina, mais la veuve du Don avait pénétré, depuis qu'elle avait résolu de trahir son mari pour le salut de son âme, dans un monde qui n'obéissait pas aux règles de celui où Katty se débattait.

— Oui.

— Et... et vous pensez que... que c'est à cause de cela qu'on l'a... assassinée ?

— Je ne le pense pas, j'en suis sûre.

La visiteuse étouffa un gémissement. Antonina expliqua :

— Vous m'avez demandé la vérité et je vous ai crue assez forte pour la supporter. Me suis-je trompée ?

Katty secoua la tête.

— Bon, dans ce cas, je vous dirai tout, mais je vous interdis d'en faire usage devant les juges. C'est entendu ?

— Je vous en donne ma parole.

Alors, Antonina raconta l'histoire et cita ses principaux protagonistes à la jeune femme épouvantée.

*
* *

Ainsi que chaque soir, lorsqu'il rentrait de son bureau Bruce Torphins posa son chapeau et sa serviette sur la crédence de l'entrée et pénétra dans le living-room où sa femme avait accoutumé de l'attendre. Elle était là, recroquevillée dans le gros fauteuil près de la fenêtre.

— Bonsoir, chérie !

Elle ne répondit pas. Il s'approcha et vit les yeux rougis par les larmes.

— Vous êtes malade, Katty ? Il est arrivé un malheur ? parlez ! mais parlez donc !

Elle leva vers lui un visage torturé et chuchota en le regardant :

— Assassin...

CHAPITRE VI

I

Bruce recula comme si on l'avait frappé au visage en balbutiant :

— Qu'est... qu'est-ce que... que vous dites ?

— Assassin !

— Vous êtes devenue folle, Katty ?

— C'est tout ce que vous trouvez à répondre ?

— Mais, ma chérie...

— Ah ! je vous en prie ! Gelsomina aussi, vous l'appeliez chérie ?

— Gelsomina ?

— Gelsomina Carignagno, votre maîtresse que vous aviez rendue mère ? Savez-vous que si votre père n'était pas intervenu avec ses tueurs, vous seriez père d'un enfant de dix ans ?

Torphins junior ressemblait à une bête prise au piège. Il sentait une nasse se refermer sur lui. Le piège qu'il prévoyait et dont, jusqu'ici, il n'avait pas deviné la nature exacte.

— Ce n'est pas possible... ce n'est pas possible... On m'a écrit qu'elle était la maîtresse d'un autre, qu'elle allait se marier !

— Si vous aviez été un homme, si vous aviez été sincère, si vous aviez fait votre devoir, vous ne vous seriez pas laissé berner aussi facilement ! Mais cela vous arrangeait, n'est-ce pas, de croire à l'infidélité de cette malheureuse ?

— Je ne comprends pas ce que vous voulez insinuer...

— Mais je n'insinue rien du tout ! Je dis que pour le fils du maire de Beltonville, il était autrement intéressant d'épouser la fille du gouverneur du New Hampshire que celle d'un pauvre cordonnier italien !

— Comment pouvez-vous penser...

— Osez prétendre que ce n'est pas vrai ?

— Si, sans doute, pourtant je n'ai pas fait ce calcul à cette époque.

— Votre père l'a fait pour vous et il l'a résolu avec ses tueurs !

— Vous n'avez pas le droit d'insulter mon père !

— Vous direz ça aux membres du jury qui décideront s'ils doivent ou non l'envoyer à la chaise électrique !

— Mon père...

— Oui, votre père qui, pour se débarrasser de la famille Carignagno lui a envoyé ses tueurs, il y a dix ans, et cela avec la complicité de Kildrummy, de Dingwall et de Holm !

— C'est monstrueux ! De qui tenez-vous ces infâmies ?

— Des deux enfants rescapés du massacre et de quelqu'un dont je n'ai pas le droit de citer le nom.

— Mais...

— Vous n'allez pas récuser leur témoignage, Bruce.

— Je ne le récuse pas, Katty. Je ne le comprends pas.

— La vérité fait toujours peur. Le plus souvent elle a un terrible visage. Ce crime affreux, perpétré il y a dix ans, je n'aurais jamais dû le connaître et parce que deux enfants tristes sont venus prier sur la tombe de leurs parents, les meurtriers ne connaissent plus le repos et s'éliminent les uns les autres !

— Taisez-vous, par pitié...

— Trop tard, Bruce... La crainte que vous inspirait votre père vous a contraint à marcher les yeux fermés, à ne rien écouter... Aveugle et sourd, vous prétendiez défendre l'ordre et la loi. Comment n'avez-vous pas deviné que vous ne pourriez, indéfiniment, poursuivre l'imposture ?

— Je ne savais pas...

— Parce que vous refusiez de connaître une vérité que vous soupçonniez et qui vous affolait. Vous n'avez pas été à la hauteur de votre tâche, Bruce et c'est pourquoi je m'en vais avec les enfants.

— Vous partez !

— Je rentre chez moi. Je ne pourrais plus vivre avec un homme par la faute de qui il y eut tant de morts innocents... J'attendrai demain matin pour mettre mon père au courant, en espérant que vous ne m'obligerez pas à une démarche humiliante.

— J'ignorais pour Gelsomina...

— L'ignorance volontaire est votre refuge, mon pauvre Bruce.

— Mon père m'a obligé à partir sans la revoir.

— Et vous vous êtes incliné !

— Je ne pouvais pas lutter contre lui, alors...

— Le pouvez-vous davantage, aujourd'hui ? Non, Bruce... L'indifférence ou mieux la passion égoïste de votre mère, la brutalité de votre père ont fait de vous un pleutre prêt à tout accepter pour ne pas avoir à se battre... Si vous aviez entendu le récit des enfants... Ces hommes, ces femmes, ces gosses réunis pour une fête et qu'on tuait... je voyais le sang qui giclait et Gelsomina, votre Gelsomina que vous aviez tenue dans vos bras,

Bruce, et qui protégeait dérisoirement, de ses faibles mains, ce ventre où vivait votre petit.

— Je vous en supplie, Katty, taisez-vous...

— Je me tais, Bruce. Désormais, vous ne pourrez plus protester que vous n'étiez pas au courant. Adieu.

— Katty...

— Adieu, Bruce. Ce n'est plus possible. Plus rien n'est possible. Il y aurait sans cesse entre nous le fantôme de cette malheureuse tentant de défendre le fruit de vos amours, de ces amours que vous avez reniées. Adieu.

Longtemps, sans bouger, Bruce Torphins écouta résonner en lui le bruit de la porte se refermant derrière Katty.

*
* *

Clem, assis dans son vieux fauteuil, regardait Bruce qu'Emily venait de lui amener. Il se demandait ce que pouvait lui vouloir le jeune Torphins, mais il se faisait un point d'honneur de ne pas poser de questions. Placide, il attendait que son visiteur se décidât à parler.

— Nous nous connaissons depuis longtemps, Mr Belford.

Le retraité sourit :

— Il y a pas mal de temps, en effet, que je vous ai tiré les oreilles pour la première fois !

— C'est au nom de ce passé que je viens réclamer votre aide.

— Je ne vois guère ce qu'un bonhomme dans mon genre peut vous apporter, Mr Torphins, mais allez toujours.

— Je souhaiterais que vous me parliez des Carignagno.

— Ah ?... Croyez-vous que ce soit très utile ?

— Belford, ma femme m'a quitté... Elle est retournée à Concord et elle ne reviendra pas.

— Je suis navré pour vous... On l'appréciait beaucoup.

— Je sais... souhaitez-vous que je vous dise pourquoi elle est partie ?

— Ma foi...

— Parce qu'elle pense que je suis pour quelque chose dans le massacre de la famille Carignagno... Quelle est votre opinion ?

— Eh bien ! Si vous me le demandez avec le souci de vous entendre répondre franchement, je dirai que c'est vous qui avez été à la base de l'affaire. Si vous n'aviez pas fait la cour à Gelsomina...

— Ce n'était pas un crime !

— Sûrement pas, Mr Torphins, par contre ce qui s'en révéla un, ce fut de l'abandonner avec son petit, enfin celui qu'elle aurait dû mettre au monde.

— Mais je l'ignorais !

— Possible, mais par la suite ?

— Par la suite ?

— Vous vous êtes vite contenté des mensonges de votre père... Vous aviez porté vos regards ailleurs, comme on dit.

— Si j'avais pu me douter...

— L'auriez-vous épousée ?

— Ma foi...

— Non, Monsieur. Un Torphins s'amuse avec une Carignagno, il ne l'épouse pas. La fille d'un gouverneur est préférable.

— Vous êtes dur, Belford.

— J'avais beaucoup d'amitié pour ces Italiens... Un autre est venu s'asseoir sur la chaise que vous aviez abandonnée et pour sauver l'honneur de la petite, il était prêt à l'épouser.

— L'aimait-elle ?

— Je ne sais pas et quelle importance cela avait-il ? Quoiqu'il en soit, il est mort à ses côtés. J'estime que ce fut mieux que tous les serments.

— Sans doute... J'aurais dû être à sa place...

— Mais vous n'y étiez pas.

— Vous connaissez les noms des meurtriers ?

— Qui me pose cette question ? Bruce Torphins ou le District Attorney ?

— Bruce Torphins.

— Dans ce cas, je réponds oui.

— Vous en êtes certain ?

— Je les ai vus.

— Alors, pour quelles raisons ne les avez-vous pas dénoncés ?

— A qui ?

— Mais au chef de la police, à son lieutenant ! voire au maire ! pourquoi ce silence, Belford ?

— Vous tenez réellement à ce que je vous fournisse des explications ?

— Mon père, n'est-ce pas ?

Clem hocha affirmativement la tête.

— Avec la complicité de Dingwall et de Holm ?

— Oui.

— Les exécuteurs ? Saguache, Gifford, Yarrow et Oban. Je ne me trompe pas ?

— Non.

— Belford, je vais accomplir ce qui aurait dû être fait, il y a dix ans. Ils seront tous arrêtés et tous envoyés devant le grand jury.

— Tous, sans exception ?

— Sans exception.

— Il vous faudra beaucoup de courage, Monsieur.

— Bert Gravesend me l'a déjà dit.

— C'est un homme de bon conseil quand il n'est pas ivre.

— Il paraît que vous avez, jadis, sauvé les enfants qui se trouvent actuellement chez vous ?

— Disons que je leur ai peut-être évité le pire.

— Je vous en remercie.

Clem secoua la tête.

— Vous ne devriez pas. Ce sont les plus impitoyables de tous.

Ils restèrent un moment sans parler puis Bruce se leva.

— Tout de même, je suis heureux qu'ils s'en soient tirés... Adieu, Belford. Je n'ai pas l'impression que nous nous reverrons... J'ai une tâche très dure à mener à bien... Si vous avez la foi, mon vieux, priez pour moi.

— Je prierai, Monsieur.

*
* *

Bruce se rendit à pied chez ses parents, d'un pas de promeneur. La soirée était belle. Il se rappelait des soirées semblables quand il partait en chasse. Bruce, le coureur de filles. Il soupira. Cela passe vite une vie d'homme. Il n'aurait jamais cru que cela passât si vite. On est là, un jour, plein d'ambitions, d'espérances, persuadé que le bonheur vous attend et le lendemain, on est parti pour ne plus revenir. Artisan de son propre malheur... A l'évidence, la responsabilité première appartenait au père, mais il aurait dû avoir le courage de secouer le joug. Cette petit Gelsomina... Elle avait certainement pleuré toutes les larmes de son corps en apprenant qu'il en épousait une autre... Pauvre Gelsomina qui avait eu confiance... Il ne fallait pas avoir confiance, Gelsomina... Il ne faut jamais avoir confiance... Et cet enfant.— l'enfant de Bruce — qu'elle a protégé jusqu'à ce que la mort l'ait obligée à baisser les bras... Red Torphins avait tué son petit-fils. Et Bruce avait été son complice puisqu'il avait accepté de renoncer à Gelsomina en fuyant Beltonville.

Quand elle vit son grand garçon sur le pas de la porte, Donna soupira :

— Dieu soit loué, Bruce ! Votre père est dans un état depuis qu'il est au courant pour Glenn...

Sans répondre, Torphins junior entra au salon et vit son père tassé dans un fauteuil, une bouteille de whisky et un verre à portée de sa main. Il regarda son fils et murmura :

— C'est vous... Vous savez que Glenn est mort ?

— Oui, et alors ?

— C'était mon ami, mon frère.

— C'était surtout une crapule qui aurait dû finir sur la chaise électrique depuis longtemps.

Pensant qu'il pouvait encore intimider, Red se leva :

— Qu'est ce que vous osez dire, sale morveux !

Donna se mit à pleurer sans bruit.

— Je dis que Glenn Kildrummy était une canaille, comme Tom Dingwall, comme Bob Holm, comme vous, père.

Stupéfait, Torphins essaya de retrouver dans celui qui l'insultait, l'enfant puis le jeune homme si facilement terrorrisés. Il ne le retrouvait pas.

— Foutez le camp !

— On ne met pas la loi à la porte, père !

— A Beltonville, la loi c'est moi !

— Non, c'est moi, père, et vous vous en apercevrez demain quand je vous enverrai en prison avec vos complices.

Donna ne comprit que cette dernière phrase et s'écria :

— Vous êtes venu pour insulter et menacer votre père, Bruce ?

— Non, maman, parce que Katty est partie avec les enfants.

— Partie pour... pour de bon ?
— Oui.
— Mais pourquoi ? Pourquoi ?
— Elle ne pouvait supporter d'être la belle-fille d'un assassin et la femme de celui qui a été la cause de tous ces meurtres.
— Je suis bien restée avec votre père, moi !
— En dépit de cet aveu, je veux croire que vous ignoriez ces crimes.
Dans le malheur qui, soudain, les accablait, Donna prit une autre dimension.
— Ce n'est pas certain. Je n'ai jamais voulu savoir qu'une chose, Bruce, c'est que j'avais promis devant Dieu d'être toujours au côté de votre père dans le bonheur comme dans le malheur. Peut-être ne méritait-il pas que je tienne ma promesse, mais mon orgueil à moi, c'est de l'avoir tenue. Ne comptez pas sur moi pour l'abandonner maintenant. Je ne suis pas de la race de celles qui se sauvent quand le bateau coule.
— Je vous en félicite mère, et je vous plains.

*
* *

Holm dit à Dingwall qui entrait :
— Le petit a craqué.
— Il fallait s'y attendre. Et Red ?
— Il n'existe pratiquement plus.
Tom se gratta le nez :
— Je crains que nous n'ayons des moments difficiles, Bob.
— Bah ! nous en avons connu d'autres, non ?
— Pas d'aussi rudes.
— Nous nous en tirerons tout de même.
— Pourquoi pas ? Allons voir ce qu'on peut encore espérer de Red.

*
* *

Bruce était rentré chez lui. L'appartement désert lui donna l'impression de se trouver devant une gare vide. Katty avait filé avec les enfants et la gouvernante. Le District Attorney s'installa à son bureau et rédigea un long rapport destiné au gouveneur. Il sortit pour le mettre à la poste afin qu'il partît dans la nuit, puis il réintégra sa demeure et écrivit à Katty, lui donnant des conseils pour les gosses et pour l'argent. Il glissa dans sa lettre toutes les procurations nécessaires. Il n'était pas homme de loi pour rien. Ceci fait, il se promena à travers les pièces privées de chaleur humaine. Pourtant, Bruce ne se sentait pas seul. Les souvenirs si proches lui tenaient compagnie. Il aimait Katty. Il aimait ses enfants et il les avait perdus par sa faiblesse, par sa lâcheté. Il avait mal joué sa partie et maintenant qu'il avait définitivement perdu, il lui incombait d'accepter la défaite.

*
* *

Clem Belford et sa sœur avaient regardé un western à la télévision. Il était tard. Emily emporta les tasses où ils avaient bu leur infusion vespérale et Clem se levait pour secouer sa pipe et éteindre la lumière lorsque le téléphone sonna. Andy Wrack, le gardien de la morgue — un ami de toujours — lui annonçait qu'on venait de lui amener le corps de Bruce Torphins qui s'était fait sauter la cervelle.

Clem raccrocha, un goût amer aux lèvres. Peut-être le moins malhonnête de tous qui s'était tué ! Un pauvre type qui n'avait jamais pu se tenir à la hauteur de ses propres ambitions, de celles qu'on avait nourries pour lui, de ses amours. Belford monta à sa chambre lentemen, lourdement. La vie se révélait moche, au fond...

Alors qu'il posait le pied sur la dernière marche, Clem entendit une sorte de murmure qui lui arrivait à travers la porte de sa chambre. Il reconnut la voix d'Isabella. Il prêta l'oreille.

« Mais quiconque entend ces paroles que je dis, et ne les met pas en pratique, sera semblable à un homme insensé qui a bâti sa maison sur le sable. La pluie est tombée, les torrents sont venus, les vents ont soufflé et ont battu cette maison : elle est tombée et sa ruine a été grande. »

II

La disparition de Bruce avait précipité le désastre des Torphins. Donna, figée dans son rôle de femme fidèle face au malheur, essayait de continuer à vivre comme par le passé pour ne pas donner aux gens de Beltonville le spectacle de son désarroi. Elle s'était vêtue avec un soin tout spécial pour recevoir le directeur des Pompes Funèbres et avait refusé de lui laisser rencontrer son mari. Elle choisit, pour les funérailles de son fils, ce que l'on pouvait faire de mieux. Elle estimait que, puisqu'ils étaient obligés de disparaître, les Torphins devaient s'en aller avec éclat afin de bien montrer aux badauds les moquant ou les haïssant, qu'ils étaient d'une autre taille qu'eux.

Red ne bougeait pratiquement plus de son fauteuil. Ce géant, ce colosse était devenu une masse molle, sans réaction, sans réflexe où seul, le regard rappelait encore un peu l'impitoyable Torphins d'autrefois. La mort de Glenn, celle de Bruce, le départ de Katty et l'effrayante responsabilité qui l'écrasait lui avaient durement frappé la raison. Il ne parvenait pas à se persuader que c'en était fini de sa puissance, qu'il ne représentait plus rien, que n'importe quel flic pourrait, demain, tout à l'heure, lui mettre la main au collet et le flanquer dans une cellule avec les clochards et les petits voleurs à la tire. De temps en temps, Donna s'approchait pour lui demander s'il avait besoin de quelque chose. il se contentait de secouer la tête en guise de réponse et Donna s'éloignait pour regagner un monde qui, déjà, n'intéressait plus Red Torphins.

Très vite, Betonville avait été au courant des derniers événements. On les commentait avec passion. Les ennemis — qui se morfondaient depuis des années — annonçaient des temps nouveaux. Bert Gravesend se leva pour la première fois et eut une pensée fraternelle pour Bruce qui (ainsi qu'il le prévoyait) n'avait pas eu le courage de faire arrêter son père, mais s'était tiré d'affaire en chic type. S'il avait rédigé l'article nécrologique du District Attorney, il se serait montré assez dur pour Katty.

En apprenant ce qui s'était passé, Gifford rejoignit Saguache au « Grizzly » où Jim depuis que le vent avait tourné, leur témoignait la plus franche hostilité. Gifford avait perdu son impassibilité habituelle. Il se voyait déjà condamné à la chaise. Le métis le rassura :

— Ecoutez-moi bien, Frank et faites fonctionner votre cerveau. Ni vous ni moi ne savons pour quel motif Bruce Torphins s'est suicidé. Certains racontent que sa femme l'aurait quitté. Quoi qu'il en soit, nous n'avons pas à nous biler tant que Dingwall et Holm ne bougent pas. Ce sont les responsables de la police à Beltonville, ne l'oubliez pas ! Alors, mon vieux, retournez auprès de Muriel et restez peinard. Si les choses se gâtaient, vous me verriez rappliquer. Par simple mesure de précaution, préparez tout de même une valise ou deux, hein ?

Ragaillardi, Frank appela le patron :

— Je paie la tournée, Jim, mettez-la sur ma note.

— Non.
— Qu'est-ce que ça veut dire, non ?
— Ça veut dire : non.
— Et puis ?
— Et puis que vous allez me payer ce que vous me devez tous les deux, sinon j'appelle un flic.
— Qu'est-ce qui vous prend, Jim ?
Le patron posa ses deux poings sur la table pour se soutenir et expliqua avec calme :
— Gentlemen, vous êtes foutus, on peut vous arrêter d'un instant à l'autre et je ne tiens pas à en être de ma poche... Cinquante dollars, s'il vous plaît et en vitesse !
Gifford se dressa, menaçant, mais Jim lui colla son revolver sous le nez
— J'ai l'impression, Mr Gifford que si je débarrassais Beltonville de votre présence, on ne penserait pas à me mettre en tôle.
Saguache posa sa main sur le bras de son camarade
— Ne vous énervez pas... Frank. Payez. Pour le reste nous nous en occuperons plus tard... Vous savez que je paie toujours mes dettes et je viens d'en contracter une d'importance vis-à-vis de Jim.
Dehors, le métis expliquait :
— Cessez de vous énerver, Frank... Nous n'avons pas encore perdu la partie. Les pouilleux du genre de Jim se figurent qu'ils peuvent nous cracher dessus. Nous leur démontrerons qu'ils se sont trompés. Rentrez et attendez-moi. Je vais voir Dingwall. Il m'apprendra exactement ce qu'il en est.
Mais Saguache ne rencontra pas le chef de la police parti avec son lieutenant, rendre visite au maire.

*
* *

Dingwall essayait de persuader Red de bouger, de se manifester pour clore le bec à tous leurs adversaires.

Sans doute la mort de Bruce était-elle un grand malheur, mais le garçon, avec ses idées folles, devenait dangereux. Le chef de la police appela l'épouse de Red à la rescousse :

— Donna, aidez-nous, répétez-lui que son attitude est ridicule, qu'il n'a pas le droit d'abandonner maintenant !

Mais Mrs Torphins haussa les épaules pour faire comprendre à ses hôtes que, désormais, tout lui était égal. Dingwall insistait, adressait une harangue démonstrative à Red qui semblait ne prêter aucune attention à ce qu'on lui racontait. Il se contenta de murmurer :

— C'était un bel enfant...

Donna se mit à pleurer. Tom, découragé, s'écarta. Holm prit sa place et, s'appuyant aux bras du vieux fauteuil qui se trouvait dans la famille depuis deux ou trois générations, il se pencha vers Torphins.

— Red, souvenez-vous de ce que nous avons réussi ensemble ? C'est un peu grâce à Tom et à moi que vous avez pu mener à bien vos entreprises pendant tant d'années... Alors, ne nous laissez pas tomber, Red, ce serait moche et indigne de votre passé.

— Tout cela ne m'intéresse plus, Bob... Il ne me reste plus rien.

— Si votre peau !

— M'en fous...

Holm se redressa et, amer :

— Faut croire qu'on s'était trompé sur votre compte... On ne vous demandait pas un gros effort pourtant...

— Je suis fatigué, Bob... abominablement fatigué... Je dois traîner trop de cadavres derrière moi... Ce sont eux qui me retiennent...

— Si les Fédés rappliquent...

— Ils rappliqueront sûrement. Peut-être sont-ils déjà en route ?

— Qu'en savez-vous ? Votre fils aurait-il appelé le gouverneur au secours ?

— Je l'ignore mais ce dont je suis persuadé c'est que Katty ne ratera pas cette occasion de nous démolir tous... nous qui sommes responsables de la mort de son mari.

*
* *

Antonina avait décidé de quitter Beltonville sitôt après l'enterrement. Elle achevait ses valises avec l'aide de sa bonne, une veuve qu'elle emmènerait avec elle. La sonnerie de la porte d'entrée suspendit leurs gestes. La servante — Augustina — regarda sa maîtresse qui chuchota :

— Ne bouge pas...

On continua de sonnez sur un rythme de plus en plus accéléré. A la fin, exaspérée, Antonina ordonna :

— Va leur dire à ces sauvages qu'on ne mène pas un tel bruit dans la maison d'un mort et que je ne reçois, sous aucun prétexte !

Pleine d'un zèle vengeur, Augustina se précipita, ouvrit violemment tout en criant :

— Vous n'avez pas honte de...

Les mots expirèrent sur ses lèvres en voyant les visiteurs. Deux hommes vêtus de noir avec un linge éblouissant de blancheur. Augustina était trop italienne pour ne pas deviner que ceux-là étaient des Dons. Par obéissance, elle tenta d'expliquer que sa patronne ne recevait pas, mais le plus grand des deux la persuada — en usant de son propre patois — qu'il était sûr qu'elle serait heureux de bavarder avec eux. La servante ne résista plus et les introduisit au salon.

Antonina, à leur vue, comprit, elle aussi, qu'elle se trouvait en présence de membres de la « Cosa Nostra ».

— Nous sommes envoyés par New York, signora,

pour apprendre de votre bouche ce qu'il s'est passé... Nous n'aimons pas que l'on tue nos Dons. Vous savez qui assassiné votre mari ?

— Je m'en doute.

— Son nom.

— Pietro Fiesole.

— Où le trouve-t-on ?

— Ne le cherchez pas, signori... Salvator avait mérité sa mort.

Ils la contemplèrent fixement avant d'exprimer leur opinion.

— Je pense que cela mérite une explication, signora.

Antonina raconta de quelle façon, de compromission en compromission, son mari avait oublié qu'il était un Don pour devenir le complice des Yankees contre les siens. Elle rappela le meurtre des Carignagno et comment son époux s'apprêtait à livrer à la police — sur l'instigation du maire — Pietro Fiesole. A son tour, elle fixa ses interlocteurs :

— Il y a des choses qu'on n'a pas le droit de faire et trahir Fiesole était de celles-là. C'est pourquoi, je suis allée le prévenir et c'est parce que je l'avais prévenu qu'il a tué Salvatore.

Pendant quelques secondes, les hommes de New York se consultèrent à voix basse.

— Signora, nous ne vous blâmerons pas. Les rapports reçus n'étaient pas favorables à votre mari. Nous aurions été obligés de sévir. Vous nous avez évité une tâche désagréable. Qu'allez-vous faire ?

— Retourner en Italie.

— Vous avez tout ce qu'il vous faut ?

— Là où je me rends, je n'aurai pas besoin de grand-chose.

— Bonne chance, signora... Donnez-nous cependant l'adesse de ce Fiesole, il est nécessaire que nous prenions contact avec lui.

*
* *

Malgré le mépris que le métis lui inspirait, Holm lui avait téléphoné pour lui apprendre que l'attitude de Red Torphins précipitait le désastre, d'une part et que, d'autre part, les policiers pensaient que les Fédéraux ne tarderaient pas à se montrer. Holm agissait de la sorte en souvenir des services jadis rendus par Saguache. Peut-être aussi parce que la fuite vraisemblable du métis et de Gifford permettait de leur faire porter la plus lourde charge.

Gifford jouait aux cartes avec une Muriel maussade lorsque le métis se présenta. Tout de suite, son camarade comprit :

— Le moment est venu ?

— Oui, il importe de se grouiller. Red craint que sa belle-fille n'ait prévenu les Fédés.

— Alors, pas de temps à perdre. Nos valises sont prêtes, l'argent retiré de la banque...

— Le mien aussi.

— Dans ce cas, on file. On ne prend qu'une voiture ?

— Je pense que c'est préférable.

Dans les instants difficiles, Muriel se rappelait son passé lorsqu'il lui fallait échapper aux flics et elle ne posait pas de questions inutiles. Ils quittèrent Beltonville sans un regret. Ces hommes et cette femme étaient incapables de vivre autrement qu'au jour le jour, parce que complètement dénués de sensibilité et d'imagination.

Le trio roulait depuis un quart d'heure lorsque deux hommes au bord de la route leur adressèrent des signes. Des resquilleurs qui comptaient être transportés pour rien. Gifford ricana :

— Manquent pas de culot les frères...

Puis, au bout de quelques secondes de silence, il ajouta :

— C'est marrant sur le coup, j'ai failli m'arrêter...

— Pourquoi ?

— Une connerie... J'ai cru que c'était Yarrow et Oban. Je dois devenir dingue, ma parole ! Là où ils sont les copains, ils risquent pas de revenir, pas vrai ?

Ils approchaient d'un poste à essence brillamment illuminé. Une grosse pancarte indiquait que le patron faisait le taxi. Saguache ordonna :

— Rangez la voiture un peu à l'écart des pompes.

Gifford fut surpris de la décision de son chef, mais il y avait longtemps qu'il ne posait plus de questions. Il s'arrêta là où on le lui avait demandé et se retourna vers le métis assis à côté de lui :

— Alors ?

— Alors, je ne pars plus, Frank.

— Comment ça, vous ne partez plus ?

— Je retourne à Beltonville.

— Pourquoi ?

— A cause de votre réflexion tout à l'heure... A propos de Yarrow et d'Oban... Je ne peux pas les abandonner. Bonne chance Frank et à vous aussi, Muriel.

Il sortit de L'auto. Après une seconde d'hésitation, Gifford descendit à son tour de la voiture.

— Vous ne pensez tout de même pas que je vais vous lâcher ?

— Merci, Frank.

Gifford s'adressa à sa femme qui l'avait rejoint :

— Prenez le volant, Muriel et filez à Springfield. Emportez les bagages et le fric. Attendez-nous trois jours... Si au bout de ce temps-là, vous ne nous voyez pas, fichez le camp et recommencez votre vie.

Il se tourna vers le métis :

— Correct ?

— Correct.

Saguache tendit un paquet à la jeune femme qui avait déjà réintégré la voiture :

— Tenez, Muriel, prenez aussi mon argent... On n'en a jamais trop si l'on doit se débrouiller seul.

Muriel les regarda tous les deux et cette fille dure eut un élan de tendresse :

— Je vous attendrai une semaine et j'espère bien vous voir rappliquer ensemble, les gars !

Ils ne dirent pas un mot jusqu'à ce que le feu arrière de l'Oldsmobile se soit fondu dans la nuit, puis Gifford murmura :

— Vous croyez qu'elle nous attendra, Randolph ?

— Non.

— Moi, non plus.

*
* *

Fiesole bombait le torse en sortant de l'hôtel où les Dons de la « Cosa Nostra » l'avaient convoqué. Il s'était montré assez convaincant pour que les Messieurs de New York ne lui tinssent pas rigueur d'avoir supprimé don Salvatore sans leur permission. Quand il mit le pied dans la rue, Pietro se sentait devenu un autre. Il était le nouveau « Don »

Le premier que Fiesole rencontra en rentrant dans le quartier italien fut Giulio Alcamo. Les deux hommes marchant à la rencontre l'un de l'autre sur le même trottoir ne pouvaient s'éviter. Ils s'arrêtèrent face à face, se regardant sans baisser les yeux. Le premier Alcamo eut le revolver à la main.

—Tu as tué le Don, Pietro...

Le jeune ne parvenait plus à respirer. Allait-il mourir au moment précis où la chance lui souriait ?

— Tu as vu les patrons ?

Surpris, Giulio ne songea pas à tirer :

— Quels patrons ?

— Les signori de la « Cosa Nostra ». Ils sont arrivés de New York.

— Et alors ?

— Ils ont décidé que je serai le Don de Beltonville, et que je pourrai choisir qui je voudrai pour être mon « capo ». Veux-tu être mon second, Giulio ?

— J'aimais don Salvatore.

— On ne vit pas avec les morts.

Alcamo hésita, mais il savait que dans la jungle des villes, les vieux ne suscitent guère de pitié. Que deviendrait-il, réduit à ses seules forces, lui qui ne savait rien faire de ses dix doigts ? Il proposa :

— On va boire un coup chez Giacomo ?

Fiesole, dont le cœur battait très vite, respira.

III

Tony Brockton, directeur-propriétaire du « Record », stupéfia tous ses employés en offrant du champagne français pour le retour de Bert Gravesend. Ce dernier, soigneusement couturé, porterait néanmoins, le reste de sa vie, les traces de la terrible râclée reçue. Tony prononça un joli speech où il compara Bert à un soldat se battant pour le droit à la liberté d'expression et, dans une superbe envolée, affirma que les cicatrices sur le visage de Gravesend étaient l'honneur de la presse tout entière. Après quoi, il emmena son adjoint dans son bureau, le fit asseoir, lui offrit un havane et lui déclara :

— Bert, j'ai voulu vous laisser le soin d'écrire le dernier article de la guerre qui nous opposa au maire et à sa bande. A vous, le plaisir de rédiger le communiqué victorieux. Voici les derniers développements : Saguache et Gifford ont quitté le pays, Red Torphins a démissionné, on attend les Fédéraux, le gouverneur a annoncé leur arrivée prochaine en vue de procéder à une épuration de notre ville.

— Et Tom Dingwall ?

— Il se concerte avec son âme damnée de Holm. Si vous voulez mon sentiment, ils doivent être en train de se livrer un match : à celui qui bouclera le plus vite sa valise et filera le plus rapidement avant que les Fédés ne montrent le bout de leur nez. Une belle journée, hein, Bert ?

— Une belle journée, patron.

*
* *

Brockton se trompait. Ni Dingwall ni son lieutenant n'étaient en train de boucler leurs bagages. Assis dans le bureau du chef de la police, ils discutaient tranquillement. Tom disait :

— Nous ne sommes pas des types à nous raconter des histoires, Bob. Alors, voyons les choses en face : c'est foutu. La belle aventure est terminée. Bah ! on aura bien vécu et maintenant que l'heure de régler la note a sonné, on la paiera, sans crainte. Un regret cependant, Bob, si tous avaient été de votre trempe et de la mienne, personne ne nous aurait fait tomber. Il est vrai que nous n'avions qu'à mieux choisir nos partenaires. Moralité : toutes les erreurs se paient un jour ou l'autre.

— Qu'avez-vous décidé, chef ?

— Je reste. J'attends ces Messieurs.

— Ils vont vous embarquer !

— Et puis après ? A mon âge, Bob, il faut se préoccuper — quand on est célibataire comme vous et moi — de trouver un refuge pour ses vieux jours. Le gouverneur des Etats-Unis s'apprête à me l'offrir, de quoi me plaindrais-je ?

— La prison ! vous, en prison !

— Rassurez-vous, Bob, je réussirai vite à dénicher une planque où je saurai me montrer indispensable. En ce qui vous concerne, filez... Tenez, j'ai mis dans cette enveloppe 5 000 dollars en gros billets. Vous pourrez repartir du bon pied, mon vieux et quand ces Messieurs en auront terminé avec leur cirque, je vous enverrai mon adresse après que vous m'aurez appris la vôtre.

— Je ne veux pas...

— Silence dans le rang, lieutenant ! Je vous donne l'ordre de foutre le camp ! Exécution !

Il tendit la main à son adjoint :

— On a eu de bon moments, ensemble, Bob.

— C'est vrai, Tom.

Ils s'étreignirent et Holm sortit doucement.

Durant les deux heures qui suivirent, le capitaine Dingwall brûla des quantités de papiers. Il tentait d'effacer le plus grand nombre de traces de ses malhonnêtetés et de ses crimes. Il était préférable de ne pas alourdir l'addition. Lorsqu'il eut terminé, il alluma un nouveau cigare, prit une bouteille de whisky et, confortablement installé, attendit les Fédéraux.

Ils arrivèrent alors que Tom avait bu la moitié de sa bouteille et achevé son cigare. Ils entrèrent sans avoir été annoncés. Un type maigre, sans la moindre prestance, l'air d'un comptable de petite entreprise, s'approcha du chef de la police de Beltonville.

— Tom Dingwall ?

— Ouais.

— Harry Mafeking, lieutenant de police fédérale.

Derrière cet officier, deux autres hommes aussi ternes et l'air aussi impersonnel.

— Le gouverneur vous a relevé de vos fonctions.

Tom ricana :

— Vous m'étonnez...

— Nous sommes chargés de vous amener à Concord,

avec Red Torphins, maire démissionnaire de cette ville, Bob Holm votre lieutenant, Randolph Saguache et Frank Gifford pour y répondre d'accusations de meurtres et de malversations. A Concord, vous pourrez choisir un avocat.

— Pas besoin.

— Vous agirez comme vous l'entendrez. Suivez-nous je vous prie.

Quand Dingwall se leva, les deux policiers qui se tenaient en retrait de Mafeking, reculèrent imperceptiblement et portèrent la main à leur poitrine. La masse de l'ex-chef de la police impressionnait toujours. Ce dernier eut un bon rire et déclara, méprisant :

— N'ayez pas peur, jeunes gens... Je n'ai pas envie d'être assassiné, même de façon légale... On y va ?

Tom Dingwall jeta un dernier regard sur le cadre — qu'il avait cru définitif — de sa réussite et partit d'un pas ferme vers l'auto qui devait ramener à Concord. Mafeking n'avait pas osé lui passer les menottes.

L'arrestation de Torphins ne présenta aucune difficulté. Le docteur appelé par Donna sut convaincre les Fédéraux que Red devait être emmené en ambulance. Sa raison avait sombré dans une sorte de torpeur à laquelle on ne pouvait l'arracher. Donna sollicita la permission d'accompagner son mari. On la lui refusa.

*
* *

Bob Holm, avant de refermer la porte de sa penderie, contempla longuement l'uniforme qu'il avait endossé pendant des années. Saurait-il vivre sans lui ? Le lieutenant n'ignorait pas que lorsque l'heure est venue de rompre le combat, le mieux est de ne pas s'encombrer de bagages susceptibles de ralentir votre fuite. Une légère valise suffisait. Au moment où il mettait le pied dans le jardinet précédant sa demeure, Saguache et Gifford se dressèrent devant lui, pistolet au poing. Bob sut qu'il allait mourir et, fataliste, à la manière de tous les aventuriers, il accepta tout de suite son destin. Le métis demanda, souriant :

— Vous partiez, lieutenant ?

— Je suis surpris que vous n'en fassiez pas autant ?

— Nous allons nous éloigner de Beltonville, lieutenant, mais pas avant d'avoir réglé nos dettes.

— Très honnête de votre part.

— N'est-ce pas ?

Gifford dit :

— Pourquoi avez-vous tué Oban ?

— Il parlait trop.

— Pour quelles raisons n'avez-vous pas recherché le meurtrier d'Yarrow ?

— A quoi bon ?

Saguache répondit :

— L'honneur, lieutenant, l'honneur...

— Qu'est-ce que vous voulez exactement, Saguache ?

— Vous tuer, lieutenant.

— Dans ce cas, qu'attendez-vous, salaud de métis ?

Le tueur blêmit :

— A vos ordres, lieutenant.

Saguache et son complice vidèrent leurs pistolets. Holm était mort depuis plusieurs secondes qu'ils continuaient à tirer. Tout en contemplant le cadavre de celui qu'ils venaient d'abattre, ils glissèrent de nouveaux chargeurs dans leurs armes, puis le métis déclara :

— Maintenant, Frank, nous avons besoin d'un peu de chance pour essayer de rejoindre Muriel.

— Jetez vos armes et les bras en l'air !

Les Fédéraux entraient dans le jardin. Saguache soupira :

— Il faut nous résigner, Frank... nous n'aurons pas cette chance.

— Jetez vos armes !

Gifford interrogea son copain :

— Vous avez envie de finir sur la chaise, Randolph ?

— Non. Et vous, ça vous dit de finir vos jours en tôle ?

— Pas davantage.

— Alors, on y va ?

— On y va !

Ils n'eurent pas le loisir d'appuyer sur la gâchette de leurs pistolets, car à l'instant même où ils levaient le bras pour tirer, les mitraillettes des policiers fédéraux ouvrirent le feu. Saguache et Gifford encaissèrent de quoi tuer une escouade.

Le lieutenant Mafeking avait eu un long entretien avec Bert Gravesend, puis avec Pietro Fiesole et maintenant, il achevait sa visite à Clem Belford dont les explications lui permirent de mettre à leur place les morceaux du puzzle qu'était devenue l'affaire Carignagno et ses suites. Le policier parti, le retraité s'en fut rejoindre sa sœur et les jumeaux pour le repas du soir. Arrigo annonça :

— Oncle Clem, nous rentrons demain à Marion.

— Mais votre tante ne vous a pas rappelés ?

Isabella sourit :

— Ce n'était pas la peine. La moisson est terminée, nous retournons chez nous.

Tout de suite après le repas, Arrigo et Isabella montèrent préparer leur valise. Clem resta seul avec Emily qui, assise sur sa chaise, ne bougeait pas.

— Quelque chose qui ne tourne pas rond, Emily ?

— Non, je ne crois pas... J'essaie de m'habituer à l'idée qu'ils ne seront pas là demain.

— Vous en avez de la peine ?

— Je ne sais pas, Clem. Et vous ?

— J'aime autant qu'ils quittent la ville.

— Nous ne les reverrons plus, n'est-ce pas !

— Je le crains, Emily.

Le frère et la sœur restèrent cinq ou six minutes sans parler puis Emily avoua :

— Il s'est passé tant de choses depuis leur arrivée qu'il me semble les avoir depuis des mois...

— Ray Oban... Lee Yarrow... Bruce Torphins... Don Salvatore... Bob Holm... Glenn Kildrummy... Randolph Saguache... Frank Gifford sont morts et Red Torphins finira sa vie entre quatre murs avec Tom Dingwall... Tous les acteurs du drame d'il y a dix ans sont éliminés.

— Arrigo et Isabella avaient raison : la grande moisson rouge a été faite et nul ne se soucie des gerbes que le Seigneur a fauchées.

Brusquement, ils se turent tous deux pour prêter l'oreille et identifier le bruit insolite qui leur parvenait. Ils furent un temps avant de comprendre que c'était les jumeaux qui, pour la première fois, riaient.

Nice, le 7 février 1972

IMPRIMÉ EN FRANCE PAR BRODARD ET TAUPIN
58, rue Jean Bleuzen - Vanves - Usine de La Flèche.
LIBRAIRIE GÉNÉRALE FRANÇAISE - 14, rue de l'Ancienne-Comédie - Paris.
ISBN : 2 - 253 - 03988 - 8

30/6249/4